JAMES PATTERSON
UND RICHARD DILALLO

Hochzeit unterm Mistelzweig

D1872251

GOLDMANN
Lesen erleben

Buch

Der Baum ist geschmückt, die Plätzchen sind gebacken und die Geschenke verpackt, aber das größte Ereignis, das dieses Jahr zum Weihnachtsfest bevorsteht, ist Gaby Summerhills Hochzeit. Nach dem Tod ihres Mannes vor drei Jahren haben sich ihre vier Kinder Claire, Emily, Seth und Lizzie von zu Hause entfremdet, sie alle leben nun ihr eigenes, turbulentes Leben. Weihnachten haben sie seither nicht mehr gemeinsam gefeiert, doch als Gaby ihre nahende Hochzeit verkündet – und dass der Bräutigam bis zum Hochzeitstag geheim bleiben wird –, hofft sie, mit dieser Nachricht endlich wieder einmal die ganze Familie unter dem heimischen Weihnachtsbaum zu versammeln. Allerdings soll die Hochzeit nicht die einzige Überraschung bleiben – denn es gibt da noch ein weiteres unerwartetes Geschenk, welches ihrer aller Leben für immer verändern könnte.

Weitere Informationen zu James Patterson
sowie zu lieferbaren Titeln des Autors
finden Sie am Ende des Buches.

James Patterson
und Richard DiLallo

Hochzeit unterm Mistelzweig

Roman

Aus dem Amerikanischen
von Juliane Gräbener-Müller

GOLDMANN

Die amerikanische Originalausgabe erschien 2011 unter dem Titel »The Christmas Wedding« bei Little, Brown and Company, a division of Hachette Book Group, Inc., New York.

Dieses Buch ist auch als E-Book erhältlich.

MIX
Papier aus verantwortungsvollen Quellen
FSC® C014496
FSC www.fsc.org

Verlagsgruppe Random House FSC® N001967
Das FSC®-zertifizierte Papier *Holmen Book Cream* für dieses Buch liefert Holmen Paper, Hallstavik, Schweden.

1. Auflage
Taschenbuchausgabe Dezember 2014
Copyright © der Originalausgabe 2011 by James Patterson
Copyright © der deutschsprachigen Ausgabe 2013 by
Wilhelm Goldmann Verlag, München,
in der Verlagsgruppe Random House GmbH
This edition published by arrangement with Little, Brown and Company, New York, New York, USA. All rights reserved.
Umschlaggestaltung: UNO Werbeagentur, München
Umschlagmotiv: Getty Images/Nomcilo Grujic, Stockbyte; FinePic®, München
Redaktion: Viola Eigenberz
AG · Herstellung: Str.
Satz: Buch-Werkstatt GmbH, Bad Aibling
Druck und Bindung: GGP Media GmbH, Pößneck
Printed in Germany
ISBN 978-3-442-48049-4
www.goldmann-verlag.de

Besuchen Sie den Goldmann Verlag im Netz

Für die vier Ecken meiner Welt:
Emma, Jonny, Max, Nick
RDL

Die Gästeliste

Die Braut

Gaby Summerhill, vierfache Mutter, 54, seit drei Jahren verwitwet, lebt in Stockbridge, Massachusetts

Gabys Familie

Claire Donoghue, Gabys Tochter, 35, verheiratet, lebt in Myrtle Beach, South Carolina

Hank Donoghue, Claires Ehemann, 34

Gus, ihr Sohn, 14

Toby und Gabrielle, ihre elfjährigen Zwillinge

Emily Summerhill, Gabys jüngste Tochter, 29, Rechtsanwältin in Manhattan

Bart DeFranco, Emilys Ehemann, 29, Assistenzarzt in der Neurologie

Seth Summerhill, Gabys einziger Sohn, 26, Romanautor, lebt in Boston

Andie Collins, Seths Freundin, 24, Werbegrafikerin

Lizzie Rodgers, Gabys Tochter, 34, verheiratet, arbeitet Teilzeit im Walmart, lebt in der Nähe von Gaby

Mike Rodgers, Lizzies Ehemann, 36

Tallulah, ihre Tochter, acht

Gabys Verehrer

Tom Hayden, 54, besitzt eine Farm, ehemaliger Hockeyprofi, ist mit Gaby aufgewachsen

Jacob Coleman, 52, Rabbi an einer Synagoge in Stockbridge

Martin Summerhill, 55, Gabys Schwager

Prolog

Du bist eingeladen, sonst setzt's was

Gabys erstes Video

Nur noch vierundzwanzig Tage bis Weihnachten, und diese Weihnachten, dieses Weihnachtsfest werdet ihr bestimmt nicht vergessen.

Ihr braucht einen Beweis? Den kann ich euch liefern.

Ich will, dass ihr alle vier euch eure Mom auf dem Bildschirm mal ganz genau anschaut.

Guckt ihr alle? Emily? Claire? Seth? Lizzie? *Emily?* Und, seht ihr irgendwas Ungewöhnliches, etwas, das euch die Sprache verschlägt?

Okay. Dann dreh ich mich mal für euch … Dreh mich … und dreh mich noch mal.

Ja, ihr habt ganz richtig gesehen. *Ich habe zwölf Pfund und ein paar Zerquetschte verloren.*

Halt, halt! Macht euch bloß keine Sorgen! Und bitte keine neurotischen Theorien über meine Gesundheit!

Ich bin nicht krank oder so was. Vielleicht im Kopf ein bisschen. Wie immer schon. Gehört zu meinem Charme.

Ich habe einfach mit Ben & Jerry's Chocolate Chip Cookie Dough und dem gelegentlichen Bier vor dem Schlafengehen aufgehört. Und Mayo – auch die fettarme – aus dem Haus verbannt. Kein Weißbrot mehr. Und erst recht keine Donuts. Das hat mich erst mal ein bisschen unglücklich gemacht … und hungrig. Aber auch dünner. Und am Ende glücklicher. Ja, ich gebe zu, ich bin so glücklich wie schon lange nicht mehr.

Ich hab eine große Veränderung gebraucht. Jeder braucht mal eine Veränderung. Wenn man sich nicht verändert, bleibt man in seiner eingefahrenen Spur stecken.

Ich weiß, die Leute hier sagen immer: »Oh, Gaby, du hast so ein interessantes Leben … Du schmeißt deine Farm fast ganz allein. Du schreibst einen Food-Blog, der nicht so ichbezogen und langweilig ist. Du bringst den Kindern am Ort Lesen und Schreiben bei.«

Oh ja, das stimmt schon … und es macht mir ja auch Spaß … aber ganz ehrlich, das war mir einfach nicht genug.

Ich hab in einer Lebensspur festgesteckt, die immer tiefer wurde. Morgens nach einem Schneesturm Stiefel und einen Lodenmantel anziehen und zum Hühnerhaus gehen, um vier Eier einzusammeln. Dann die Nährwertangaben bei den Rezepten im Blog einfügen, worauf Leute, die du nicht mal kennst, dich als Ernährungsnazi beschimpfen. Englisch unterrichten oder zumindest versuchen, den Kindern die Liebe zum Lesen zu vermitteln. Ich weiß, das klingt jetzt vielleicht schockierend, aber die meisten Teenager finden Dickens' *Große Erwartungen* »ätzend«, jedes Buch mit einem Vampir drin dagegen super. Vor allem, wenn der Vampir auf düstere Weise gut aussieht und mit jedem Biss ewige Liebe verspricht. *Große Erwartungen* ist übrigens wirklich ätzend.

Wie auch immer, ich verspreche euch, es liegt nicht an der gefürchteten Midlifecrisis. Ich bin ja noch nicht mal in der Lebensmitte *angekommen.*

Und der Erste, der Witze darüber reißt, ich hätte sie längst *hinter* mir, wird enterbt. Das ist mein Ernst, Kinder!

Trotzdem brauche ich etwas Aufregung. Ich glaube, das Verwegenste, was ich in den letzten drei Jahren gemacht habe, war, eure Kinder zu bitten, dass sie mich beim Vornamen nennen. Ich konnte es nicht leiden, Oma genannt zu werden. Hat mich richtig kribbelig gemacht.

Zurück zum Thema … Ich habe zwölf Pfund abgespeckt.

Schließlich …

… will ich ja in mein Hochzeitskleid passen.

Falls jemand in Ohnmacht gefallen ist, kann er jetzt ruhig wieder aufstehen. Und bitte greift erst zum Telefon, um euch gegenseitig anzurufen, wenn dieses Video zu Ende ist.

Ja, ihr habt richtig gehört. Ich sagte *Hochzeitskleid.*

So wie *Hochzeit*. Wie *Braut*. Wie *Hochzeit in unserer Scheune*.

Die Braut seht ihr gerade vor euch, und sie lächelt. Sie ist glücklich. Sehr sogar. Ihr wisst, ich beschwere mich nicht, aber nach dem Tod eures Vaters gab es eine lange, düstere Zeit, und jetzt bin ich endlich aus diesem schwarzen Loch raus.

Nun fragt ihr euch wahrscheinlich, wer der glückliche Bräutigam ist. Tja, wie ihr als kleine Gören immer gesagt habt: Das müsst ihr schon selber rausfinden.

Ihr alle kommt an Weihnachten heim nach Stockbridge. Claire, Emily, Seth und Lizzie. Ihr und eure Kinder, Ehemänner, Geliebte, Hunde, Katzen, wer und was immer. Seit euer Vater gestorben ist, waren wir nicht mehr als Familie zusammen.

Weihnachten findet also in Stockbridge statt.

Dann werdet ihr rausfinden, wer der Glückliche ist. Bis dann. Ich hab euch lieb. Und ich bin so glücklich, dass ich es fast nicht glauben kann.

Bis Weihnachten – wenn alles enthüllt wird.

Buch Eins

Weihnachtsträume

1. Kapitel

Claire und Hank

Claire Donoghue, Gabys älteste Tochter, hatte das Video ihrer Mutter gerade zu Ende angesehen und »Ja, *Wahnsinn!* Auf geht's, Gaby!« gerufen. Jetzt war sie aber wieder dabei, ihre Haushaltsrechnungen zu bezahlen, und das Bezahlen von Rechnungen war so eine Art »Er liebt mich, er liebt mich nicht« mit Handgranaten. Früher oder später, das wusste Claire, würde ihr eine davon um die Ohren fliegen. Ihnen allen.

»South Carolina Strom- und Gasversorgung liebt mich«, sagte sie und legte diese Rechnung auf den Stapel, den sie zu bezahlen gedachte.

»Notfall-Wurzelbehandlung liebt mich nicht.«

Dieses System war so gut wie jedes andere, um zu entscheiden, wie sie ihr schmales Einkommen stückeln sollten, um den üblichen dicken Stapel Rechnungen zu bezahlen. Nur in den besten Monaten deckten Hanks Geld vom Bau und Claires Einkommen aus der Nachhilfe den überwiegenden Teil der Rechnungen. Dieser Monat gehörte nicht zu den besten.

Claire saß an einem kleinen, wackligen Eichentisch im kühlen Wintergarten. Sie trug zwei Shetlandpullover in zwei unterschiedlichen Blautönen, eine weiße Malerhose und fingerlose Wollhandschuhe. Das nannte sie ihren Preiswert-und-attraktiv-Stil. Und tatsächlich, Claire war attraktiv. Trotz ihrer drei Kinder hatte sie sich gut gehalten – die Nase eher leicht stupsig als knollig, ein paar vereinzelte Sommersprossen, kurzes rotbraunes Haar, mädchenhafte Figur.

In Wahrheit fühlte sie sich jedoch alles andere als attraktiv; sie fühlte sich müde und schlapp. Wie ein alter Putzlappen kam sie sich vor, auch wenn es niemand wusste und niemanden besonders interessierte.

Auf Claires Laptop lief leise James Taylor. Sie hatte James schon immer gemocht.

I've seen fire and I've seen rain.

Claire wusste, wovon er sang. Sie schaute zum Wintergarten hinaus, und obwohl ihr Haus drei Blocks vom Strand entfernt lag, konnte sie einen Streifen des grauen Dezembermeeres sehen. Der Sand war kalt und der Horizont leblos. In Myrtle Beach, South Carolina, war im Sommer die Hölle los; Claire und Hank Donoghue wohnten jedoch das ganze Jahr über hier. Das bedeutete, wenn die Touristen gingen und die billigen Imbissstände zumachten und der splittrige Holzsteg verlassen war – tja, dann hatten Claire und Hank nur noch einander. Und das war nicht immer gut. Jedenfalls die letzten paar Jahre. Und heute ganz bestimmt nicht. Mit Hank wurde es einfach immer schlimmer.

»Hey, Süße«, hörte sie ihn aus seinem Hobbyraum unten rufen. »Kannst du mir 'nen großen Schnatter-Bibber-Tee und vielleicht 'n paar Spaghetti-Kekse bringen?«

Claire wusste, dass er um einen Eistee und Milano-Kekse bat. Außerdem merkte sie an seiner albernen Sprache, dass er total zugekifft war.

»Sofort«, rief sie. Sie wollte heute keinen Streit. Sonst eigentlich auch nicht. Sie konnte seine Wutausbrüche nicht ertragen, wusste aber nicht, was sie dagegen unternehmen sollte. Die Kinder liebten Hank.

Sie stand auf, in Gedanken jedoch immer noch mit dem Video ihrer Mutter beschäftigt – das sie völlig umgehauen hatte. Gaby würde also heiraten. Das war ziemlich grandios. Allerdings sagte ihre Mom nicht, wen. Nur wann und wo. Weihnachten zu Hause auf ihrer Farm in Massachusetts. Gaby liebte Geheimnisse.

»He, Claire, wo ist der Fraß?«, brüllte Hank erneut.

Claire verdrehte die Augen und machte sich auf den Weg zur Küche. Unwillkürlich dachte sie, dass ihre Mom ihrem Vater *niemals* Schnatter-Bibber-Tee geholt und ihr Vater sie auch nie darum gebeten und ganz sicher niemals vom Keller aus nach oben gebrüllt hätte.

Immer schön friedlich, Claire, mahnte sie sich selbst. *Nur noch vierundzwanzig Tage bis Weihnachten.*

2. Kapitel

Dieser Irrwitz mit Hank muss schleunigst ein Ende haben, dachte Claire. Bis zum neuen Jahr konnte sie es wohl oder übel, in schlechten wie in schlechten Zeiten, noch aushalten, aber dann musste Hank in die Puschen kommen und sich einen richtigen Vollzeitjob suchen. Keine Entschuldigungen mehr, nicht mehr dreimal die Woche mit seinen Kumpels Softball, Flag Football oder Golf spielen gehen.

Als Claire die Snacks in den Hobbyraum hinunterbrachte, bestand ihre allergrößte Sorge darin, dass sie allein vom Inhalieren der wabernden Marihuanawolken einen Kontaktrausch bekommen könnte. Außerdem staunte sie darüber, was für ein Multitasker ihr Mann war. Auf einem verblichenen Ausklappsofa liegend schaute er sich ein Spiel der Falcons gegen die Saints an, während er sich aus den Lautsprechern im Bücherregal von Radiohead beschallen ließ. Ach ja, und dann warf er gelegentlich noch einen Blick auf einen Artikel in seiner Computerzeitschrift.

Um Objektivität bemüht musterte sie Hank einen Augenblick lang. Apropos attraktiv. Trotz der schmutzigen, verfilzten blonden Haare, des Zweitagebarts und der hervortretenden Wampe konnte man den dicht unter der Oberfläche verborgenen gut aussehenden Jungen vom Land nicht übersehen. Sogar die Garderobe war perfekt: durchgewetzte Jeans, Arbeitsstiefel, ein abgetragenes blau-grün gemustertes Flanellhemd.

»Mein Gott, Hank, ich weiß nicht, was mehr müffelt – du oder der Rauch von deinem Gras«, sagte sie mit einem gezwungenen Lächeln, während sie eine Tüte Milano-Kekse und ein großes Glas Eistee auf dem Boden neben ihm abstellte.

»Ich hab gerade Sonntagsfootball gespielt, also lass mich … lass mich einfach in Ruhe, ja? Ich meine, lass mich …«, sagte er, sichtlich bemüht, eine zusammenhängende Reihe von Wörtern hinzukriegen.

»Ich habe eine gute Neuigkeit«, sagte Claire.

»Hast du in der South-Carolina-Lotterie gewonnen?«

»Nein. Das nicht.«

»Was interessiert's mich dann?«

Obwohl er sich offenbar wieder einmal in einer Scheißstimmung befand, war sie entschlossen, ihm die Neuigkeit zu erzählen, die ihren Tag erhellt, ihr sogar ein lautes Lachen entlockt hatte.

»Ich habe eins dieser Videos von meiner Mom bekommen …«

Sofort begann Hank, Gaby schlecht und gemein zu imitieren: »Oh, ich hab so viel zu tun. Ich erfinde gerade ein Heilmittel gegen Leukämie. Ich rette den Regenwald. Ich und meine Freundinnen verteilen Zwölfkorntoast an die Obdachlosen von Westmass…«

»Hör auf. Das ist total unfair«, sagte Claire. »Und kann ich hier auch mal was sagen? Kann *ich* jetzt was sagen?«

Zu ihrer Überraschung verstummte Hank. Vielleicht hatte sie ihn verwirrt, indem sie seinen Wortschwall unterbrach.

»Meine Mutter heiratet.«

Hank kicherte.

»Wer ist der Glückliche? Ah, ich weiß, wie heißt er doch gleich – Mark Harmon, stimmt's? Tom Cruise?«

»Sehr witzig. Mom sagt, sie erzählt es uns an Weihnachten, wenn wir alle nach Stockbridge hochfahren.«

Hank zog eine Grimasse, aber keine witzige.

»Toll, ich pflüge mir aber nicht am Tag vor Weihnachten einen Weg rauf nach Massachusetts«, sagte er.

»Meine Mom heiratet an *Weihnachten.*«

»Das ist doch bloß wieder ein Trick, um alle auf ihrer Farm zusammenzukriegen. Eine große, glückliche Familie.«

»Vielleicht gehört das zu ihrem Plan. Na und? Es ist fast drei Jahre her, dass mein Dad gestorben ist. Seit der Beerdigung war die Familie nicht mehr zusammen. Meine Mutter hat zwei Jahre lang in einem dunklen Loch gehockt.«

Hank probierte es anders.

»Komm schon, wenn du Weihnachten oben in Stockbridge bist, wer organisiert dann die Nachhilfe für diese farbigen Kinder, die dir so am Herzen liegen? Die Idioten, mit denen du so viel Zeit verbringst?«

»Erstens sind zwei von den Kindern weiß. Zwei sind schwarz, und diese *afro-amerikanischen* Kinder sind Klassenkameraden von *unseren* Kindern, du Arschloch. Ich helfe ihnen, weil …«

»Wie hast du mich genannt?«, schrie er. Dann stand er schwankend auf. Claire gefiel das nicht. Sein Gesicht war jetzt so hässlich und lief rot an.

»Ich versuche nur zu erklären, es in deinen …«

»Wie hast du mich genannt?«

»Ich habe dich so genannt, wie du dich verhältst – ein Arschloch.«

Und plötzlich holte er mit der rechten Hand aus und schlug ihr fest ins Gesicht.

Claire hob ihre Hand an die Wange. Sie rieb sich die Stelle, wo er sie getroffen hatte. Als sie Hank anblickte, sah er aus, als wäre *er* der Angegriffene. Hank streckte ihr die Hand entgegen.

»Tut mir leid, Claire. Da hat das Gras gesprochen …«

Sie wandte sich ab, senkte den Kopf, wollte nicht, dass er sie weinen sah.

Er versuchte sie zu berühren.

Doch Claire steuerte eilig auf die Tür zu. Bevor sie hinausging, drehte sie sich um und sagte: »Du *bist* ein Arschloch.«

3. Kapitel

Wie sich herausstellte, hatte Claire keine Zeit, Eis in ein Geschirrtuch zu wickeln und auf ihre schmerzende Wange zu drücken. Nicht einmal für ein paar wohlverdiente Tränen reichte die Zeit.

Das Telefon klingelte nämlich. Eine ihrer Schwestern wegen Mom? Vermutlich Lizzie. Ganz bestimmt nicht Emily aus New York. Ihre Anwaltsschwester schuftete wahrscheinlich in ihrem Büro, sogar jetzt am Wochenende.

»Claire Donoghue?«, fragte die Stimme am anderen Ende. Nicht Lizzie.

»Ja, aber was immer Sie verkaufen, wir brauchen es nicht. Tut mir leid. Ich weiß, dass Sie auch nur Ihr Geld verdienen.«

»Hier ist Officer Louise Gastineau vom Myrtle Beach Police Department. Sind Sie die Mutter von August Donoghue?«

Gus! Ihr vierzehnjähriger Sohn sollte eigentlich in seinem Schlafzimmer sein, unter lebenslangem Hausarrest, nachdem er von der Polizei festgenommen worden war, weil er die Dixi-Klos, die von der Halloween-Party noch am Strand standen, umgekippt hatte.

»Was ist passiert? Ist Gus verletzt?«, fragte Claire.

»Nein«, sagte die Frau. »Ihm geht's gut. Genau genommen vielleicht sogar *zu* gut. Er scheint ziemlich zugekifft zu sein. So zugekifft, dass er im Einkaufszentrum schlafend auf dem Fußboden liegt. Unmittelbar vor einem Hollister-Geschäft. Nicht weit vom Target.«

»Was passiert mit ihm?«, fragte Claire.

»Nicht viel, sofern Sie hier runterkommen und ihn aus dem Einkaufszentrum rausschaffen können. Wir haben kein Marihuana bei ihm *gefunden*. Muss alles, was er hatte, bis auf den letzten Krümel geraucht haben. Er schläft einfach den Schlaf der Glückseligen. Nur wälzt sich ein Strom von Weihnachtseinkäufern über ihn und um ihn herum. Einschließlich eines seiner besorgten Lehrer, der Gus gesehen und uns sofort verständigt hat.«

Claire dankte Officer Gastineau, die noch teilnahmsvoll hinzufügte, sie habe »selbst drei Teenager«. Dann rief Claire die elfjährigen Zwillinge, Toby und Gabrielle, und bat sie, ihr bei der Rettungsmission zu helfen. Ihr kam die klassische Redensart »Der Apfel fällt nicht weit vom Stamm« in den Sinn. Gott, wie sie diesen Gedanken hasste.

Claire machte sich nicht einmal die Mühe, Hank zu sagen, wohin sie mit den Zwillingen fuhr. Kurz bevor sie aus der Einfahrt stieß, schaute sie zum Haus hinauf und sah ihn am Fenster. Er sog an einem handfesten Joint und winkte ihr mit den Fingern.

Ganz bestimmt würde sie an Weihnachten zu ihrer Mutter fahren, mit oder ohne Hank. Um ehrlich zu sein, konnte sie es kaum abwarten, nach Hause zu fahren.

4. Kapitel

In dieser Nacht war die Schlafordnung in Claires Haus gelinde gesagt höchst kreativ, hauptsächlich jedoch traurig, wirklich traurig. Hank lag auf der ausklappbaren Couch, auf der er bereits den größten Teil des Tages zugebracht hatte. Gus schlief auf dem Küchenfußboden, weil Claire, Toby und Gabrielle ihn keinen Zentimeter weiter hatten tragen können.

Verrückterweise funktionierte das sogar. Für Gus erwies sich die Küche als recht praktischer Ort. Als er um drei Uhr morgens von einer Heißhungerattacke aufwachte, war er genau da, wo man sein musste, um eine ganze Packung Cinnamon Toast Crunch, ein halbes Glas Erdnussbutter und ungefähr ein halbes Pfund Backschokolade zu vertilgen.

Claire befürchtete, Hank würde, wenn die Wirkung des Marihuanas nachließ, nach oben kommen und sich neben ihr schlafen legen.

Deshalb versuchte sie, unter Schichten von Steppdecken und Laken verborgen auf dem weißen Korbsofa im Wintergarten einzuschlafen.

Natürlich wusste sie, dass sie dort kein Auge zutun würde. Und sie hatte recht. Um Mitternacht setzte sie sich auf und starrte hinaus auf den schmalen Streifen kalten, mondbeschienenen Strands. Dann tat Claire, was sie selten tat. Sie heulte Rotz und Wasser. Nicht um sich selbst. Um alle anderen im Haus. Genau wie ihre Mutter hatte sie die Angewohnheit, an sich selbst zuletzt zu denken.

Die Tränen flossen ihr die geschwollene Wange hinab. Schließlich vergrub sie ihr Gesicht in einer Steppdecke, um das Schluchzen vor ihrer Familie zu verbergen. Die Kaskaden von Tränen ließen sich damit allerdings nicht aufhalten.

Ja, dachte sie, Gus kann ich verzeihen. Er ist ein Teenager.

Was hat er so Schreckliches verbrochen? Ein bisschen Unfug mit den blöden Dixi-Klos. Dann hat er sich zugekifft wie eine Million andere fehlgeleitete amerikanische Teenager. Hank dagegen konnte sie nicht verzeihen, nicht mehr. Zum Teufel mit ihm. Die meisten Ehemänner kifften sich an Sonntagnachmittagen, die man mit der Familie verbringen konnte, *nicht* zu; die meisten Ehemänner schlugen ihren Frauen *nicht* ins Gesicht. Und sollte es noch andere derartige Ehemänner geben, dann wollte Claire mit keinem von ihnen verheiratet sein. Und was machte sie jetzt?

Claire wusste, dass sie stark war – sie hatte die Zwillinge (nach sechsundzwanzig Stunden Wehen) auf natürlichem Wege bekommen, rannte immer noch rund fünf Kilometer am Tag – aber, Mist!, dachte sie, man kann der stärkste Mensch der Welt sein und trotzdem ein paar falsche Entscheidungen treffen und ein ziemlich erbärmliches Leben führen.

Ihr Handy klingelte. Was zum? Ah, wer sonst? Es war ihre Schwester Lizzie, die Schwester, die elf Kilometer von Gaby entfernt oben in Housatonic lebte.

»Hab ich dich geweckt?«, fragte Lizzie.

»Nein, ich sitze im Bett und lese. Du kennst mich doch. Ich lese bis zum Umfallen.«

»Streberin. Bücherwurm. Ich wollte schon früher anrufen, aber Mike war heute Abend so gut beieinander, dass wir essen gehen konnten. So haben wir uns alle unten in Bub's Barbecue den Bauch vollgeschlagen.«

»Wie geht es Mike?«

»Wie immer. Gute und schlechte Tage. Erzählt noch Witze. Klagt einfach nie. Ich bewundere ihn.«

»Na, jedenfalls hattet ihr alle heute ein bisschen Spaß. Das ist gut. Ich bewundere *dich*.«

»Ja, danke«, seufzte Lizzie. Dann sagte sie voller Enthusiasmus: »Was meinst du, was das mit Gaby zu bedeuten hat?«

»Ich glaube, es hat zu bedeuten, dass Gaby heiratet. Wen – keine Ahnung. Vielleicht Tom Hayden?«

»Du glaubst nicht, dass sie uns auf den Arm nimmt?«

»Für eine kleine Frotzelei, ein bisschen Geheimnistuerei ist Mom ja immer zu haben, aber nein. In jedem Fall finde ich's toll.«

Eine Pause, bis Claire wieder sprach.

»Ich hab gesagt: ›Ich finde es toll.‹ Du nicht?«

Eine kürzere Pause.

»Ich glaub schon. Ich meine, ja. Ja. Ich finde es auch toll.«

»Was ist los, Liz?«

»Es ist nur … Ich weiß, es klingt blöd. Ich weiß, es ist irrational … aber mir kommt es vor … Ich weiß nicht … Ich vermisse Dad wirklich.«

»Ich sage das nur ungern, Liz. Es fällt mir schwer. Aber kann es vielleicht etwas damit zu tun haben, dass Mike gerade sehr krank ist?«

Laut und beinahe scherzend erwiderte Lizzie: »Na klar hat es das, Dr. Phil.«

Beide lachten sie wie die guten Freundinnen und Vertrauten, die sie von jeher waren.

»Was hält Mike davon?«, fragte Claire. »Von der Hochzeit? Dem geheimnisvollen Bräutigam?«

»Er sagt, die Summerhill-Frauen könnten tun, was sie wollten, ihn würde nichts mehr überraschen. Ist Hank … irgendwie mit von der Partie?«

Das wissen die Götter. »Oh ja. Was das Wetter angeht, ist Hank ein Schwarzseher, aber er glaubt, dass es lustig wird.« *In South Carolina zu bleiben und sich gnadenlos zuzukiffen.*

Eine weitere Pause, eine Gelegenheit für Claire, ihr Herz auszuschütten, sich so richtig über Hank, das Arschloch, auszukotzen. »Ansonsten geht's euch aber gut?«, fragte sie ihre Schwester.

Die Gelegenheit, sich auszukotzen, war vorbei.

»Ja, uns geht's gut, Claire. Nichts, was ein zusätzlicher Zehntausender im Jahr nicht besser machen würde. Morgen fahr ich aber mal zu Mom rüber. Ich werd schon mehr Infos aus ihr rauskriegen. Mom wird sich verplappern.«

»Vergiss es. Ich setze auf Mom«, sagte Claire. »Gaby will, dass an Weihnachten alle nach Hause kommen. Und weißt du was, sie hat recht. Wir müssen zusammenkommen. Und unseren neuen Dad kennenlernen.«

Sie verabschiedeten sich. Claire richtete den Blick wieder auf den Strand. Warum hatte sie Lizzie nicht erzählt, dass sie Hank am liebsten ein Tranchiermesser ins Herz gestoßen hätte?

Warum? Aus demselben Grund, aus dem Lizzie sich nie darüber beklagte, dass sie Mike zweimal die Woche zur Chemo fahren musste oder dass er mit sechsunddreißig Krebs bekommen hatte. Warum? Weil sie Summerhill-Frauen waren. Und Summerhill-Frauen so sein mussten: stark und hart im Nehmen. Claire und Lizzie und Emily und, natürlich, die Stärkste von allen, Gaby.

Wen zum Teufel heiratest du denn nun, Mom? Wozu die Geheimnistuerei? Wozu das ganze Rätselraten? Claire tippte auf Tom Hayden. Vielleicht war es aber auch Jacob Coleman. Jacob war echt süß.

5. Kapitel

Emily

Emily Summerhill, Gabys jüngste und in vielerlei Hinsicht komplizierteste Tochter, hatte diese leise, gedämpfte Stimme im Kopf, eine Stimme, die immer wieder sagte: *»Lauf, Emily, lauf.«*

Es war ihr persönlicher Code für »Sei erfolgreich, Emily, sei erfolgreich«.

Lauf, Emily, lauf.

So war Emily ins Wellesley College gekommen, wo sie einen beeindruckenden Notendurchschnitt erreicht hatte. Dann hatte Emily sich an der Columbia Law School eingeschrieben.

Lauf, Emily, lauf.

Und Emily war Redakteurin der *Columbia Law Review* geworden und hatte einen vierzig Seiten langen Artikel über Betrug im staatlichen Gesundheitswesen veröffentlicht. Der bekannte Rechtswissenschaftler Alan Dershowitz hatte ihr eine E-Mail geschickt, in der er ihren *Review*-Beitrag als einen der besten bezeichnet hatte, die er in den letzten Jahren gelesen habe.

Lauf, Emily, lauf.

Und Emily war Senior Associate bei Dale, Hardy, Dunwoodie geworden, einer Anwaltskanzlei, die britische Ölkonzerne in Prozessen vertrat, bei denen es um die Verletzung US-amerikanischer Umweltauflagen ging.

Lauf, Emily, lauf.

Und sie war sicher, dass man sie in diesem Jahr zur Partnerin machen würde. Mit neunundzwanzig. Partnerin, bevor du dreißig warst, das war praktisch noch nie da gewesen. Emily hielt sich jedoch für absolut fähig, das nie Dagewesene zu erreichen.

So saß sie um genau fünf Uhr morgens in einem Zug der Linie 6, der von der Lexington Avenue zum Financial District raste. Und um 5.35 Uhr, nur mit einem fettarmen Latte ohne Schaum als Stärkung, an ihrem Schreibtisch.

Okay, das war verdammt früh.

Aber wenn man bei Dale, Hardy arbeitete, einer der toughesten Anwaltskanzleien von New York, musste man selbst knallhart und tough auftreten. Wie ihr erster Chef ihr gesagt hatte: »Wenn Sie hier nicht Härte beweisen, werden wir Sie nicht einfach zerkauen und wieder ausspucken. Nein, wir werden Sie zerkauen und dann aus*scheißen.*« Und das stammte noch von einem der netteren Chefs, einer Frau.

Emily nahm einen Schluck von ihrem Latte und checkte dann ihren BlackBerry auf Mails, die sie während der Fahrt mit der U-Bahn in die Innenstadt nicht erreicht hatten.

Eine fiel ihr besonders ins Auge.

Emily, Liebes,
ich nehme an, Dein Schweigen seit meinem letzten Video bedeutet, dass Du in Arbeit ertrinkst. Also gehe ich mal davon aus, dass Du über die Nachricht von meiner Hochzeit überglücklich bist. Außerdem nehme ich an, dass ihr, Du und Bart, unter Schlittengeläut an Weihnachten herkommt. Du würdest doch Deine Mom nicht enttäuschen und ihre Hochzeit verpassen? Dir und Dr. Bart viele Grüße und bis Weihnachten, wenn alles enthüllt wird. Ich hab euch lieb. Beide!

Tja, mit einem hatte ihre Mutter recht: Emily ertrank tatsächlich. Die Tatsache, dass sie für dieses Ertrinken sechshundert Dollar pro Stunde in Rechnung stellte, machte den Druck nicht geringer, sondern verstärkte ihn noch. In den nächsten paar Tagen würde sich ihr Team bemühen, die Vertretung eines gewaltigen Ölmonopols in Edinburgh an Land zu ziehen. Sie selbst untersuchte die Beeinträchtigung eines Wüstenschutzgebiets in New Mexico durch BP. Und schließlich würde sie in weniger als zwei Stunden in einem der wenigen ehrenamtlich übernommenen Fälle von Dale, Hardy vor dem New Yorker Berufungsgericht erscheinen.

Plötzlich hörte sie im Geist die Stimme ihrer Mutter das Summerhillsche Familienmotto zitieren: »Sei eine Geberin, keine Nehmerin.« Und es war durchaus so, dass Emily an diese Philosophie glaubte. Nur lebte sie nicht so recht danach.

Emily klickte auf die Datei mit dem Namen »Eduardo Lopez«. Lopez war sechsundvierzig und vierfacher Familienvater. Ihm war vorgeworfen worden, in der Sozialbausiedlung Sara Roosevelt in einem Aufzug eine Frau vergewaltigt zu haben. Er war verurteilt worden und hatte schon vier Jahre Gefängnis hinter sich. Und jetzt lag von der Rechtsinitiative Innocence Project beigebrachtes neues DNA-Beweismaterial vor, das ihn vermutlich entlasten würde, aber die Staatsanwälte kämpften dagegen an. Warum das? Weil ihre Behörde sich bis auf die Knochen blamieren würde.

Was das Kämpfen anging, hatte die Staatsanwaltschaft jedoch keine Ahnung, was ihr bevorstand … Sie sollte Emily Summerhill erst mal vor Gericht erleben!

Lauf, Emily, lauf.

6. Kapitel

»Ich lebe mit menschlichen Schweinen zusammen, Señora Summerhill. Und Mördern. Und meine Kinder vermisse ich wie den Sonnenschein«, sagte Eduardo Lopez zu Emily, als sie sich im Gang vor Richterin Geraldine DeRestas Gerichtssaal unten in der Centre Street 100 in Manhattan zu einem kurzen Gespräch trafen.

Eduardo, ohnehin ein kleiner, zerbrechlich wirkender Mann, kam Emily kleiner und zerbrechlicher denn je vor. Der orangefarbene Overall, den er trug, ließ ihn wie einen erschlafften Luftballon erscheinen. Drei Justizvollzugsbeamte bewachten ihn, so als würde dieser als kriminell geltende Mann den Versuch machen, zu entkommen oder Emily etwas anzutun, was völlig unsinnig war.

Als sie den Gerichtssaal betraten, hatte Richterin DeResta bereits Platz genommen. Emily kannte sie als eine schroffe, nüchterne Zeitgenossin.

Und den District Attorney Michael Petrillo kannte sie als schnell sprechenden, gewieften Staatsanwalt, beinah so hartnäckig wie Emily selbst. Petrillos Klage war offensichtlich ungerecht und unfair, doch in einem Gerichtssaal in Manhattan spielte das manchmal keine Rolle.

»Ich würde das hier gerne so kurz wie möglich halten«, begann Richterin DeResta. »Mr Lopez ist zur Vorführung aus der Justizvollzugsanstalt Sullivan hier. Die Verteidigung fordert, mit neuem DNA-Beweismaterial in die Berufung einzutreten. Bitte fangen Sie an, Frau Verteidigerin, und beschränken Sie sich bitte aufs Wesentliche.«

Emily, die für diese Strafgerichtsverhandlung legere Kleidung gewählt hatte, knöpfte ihre graue Strickjacke auf und zog die weiße Baumwollbluse zurecht.

»Euer Ehren, ein Labor in Stamford, Connecticut, hat archivierte DNA entdeckt, die zum Tatzeitpunkt von einem Spermafleck auf den Sweatshorts des Opfers genommen wurde. Damals war eine exakte Identifizierung von DNA, die mit Schweiß und Urin gemischt war, technisch noch nicht möglich. Die heutige Wissenschaft erlaubt jedoch solche Tests. Dr. Arthur Conover von der New Yorker Forensik ist hier, um die Gültigkeit dieser Aussage zu bestätigen.«

Richterin DeResta hatte die letzten paar Minuten damit zugebracht, Papiere hin- und herzuschieben. Jetzt sagte sie: »Ich glaube Ihnen aufs Wort, Ms Summerhill. Sprechen Sie weiter.«

Emily fuhr fort: »Fast drei Jahre lang haben wir versucht, das Labor, Human Case Genetics, zur Freigabe der Probe zu bewegen. Immer wenn sie kurz davor waren, gelang es der Staatsanwaltschaft, eine gerichtliche Verfügung dagegen zu erwirken.«

Richterin DeResta sah Petrillo ins Gesicht.

»Stimmt das, Mr Petrillo?«

»Euer Ehren, wir haben damals geltend gemacht – und das Gericht hat dem zugestimmt –, dass der Fall ›Staat gegen Lopez‹ abgeschlossen ist, und außerdem war Human Case Genetics in New York nicht als Einrichtung zur Aufbewahrung von DNA-Material zugelassen.«

Emily klemmte sich die Zunge zwischen die Zähne. Das war ein Trick, den Gaby ihr beigebracht hatte, damit nicht jeder Gedanke, der ihr durch den Kopf schoss, eins zu eins aus ihrem Mund heraussprudelte.

»Zum Zeitpunkt des angeblichen Verbrechens war Human Case Genetics sehr wohl zugelassen«, sagte Emily schließlich.

Petrillos Gesicht war bereits hellrot. Er war hergekommen, um mit harten Bandagen zu kämpfen, mit schmutzigen Tricks, um zu gewinnen, koste es, was es wolle.

»Nicht ›angeblich‹, Ms Summerhill. Mr Lopez war für schuldig befunden worden!«

Emily fuhr fort, als hätte er gar nichts gesagt: »Mr Lopez hat mir eine neue DNA-Probe gegeben. Unter Dr. Conovers Aufsicht wurde diese Probe mit der DNA von der Hose des Opfers verglichen.«

Richterin DeResta sprach in dem ihr eigenen Singsang.

»Und sie passen nicht zusammen.«

»Nein, Euer Ehren.« Emily blickte zu Eduardo hinüber. Er hielt das Kinn gesenkt. Seine Augen standen voller Tränen. Er sah aus wie die Angst in Person.

»Sind Sie mit diesem Ergebnis einverstanden, Mr Petrillo?«

»Nein, das bin ich nicht, Euer Ehren«, sagte Petrillo, während er sich erhob.

»Warum überrascht mich das nicht?«, sagte DeResta wieder in ihrem typischen Singsang. Emily wusste nicht, ob die Richterin auf sie, Petrillo oder auf sie beide wütend wurde. Und was das für ihren – unschuldigen – Mandanten bedeuten würde.

»Euer Ehren, Eduardo Lopez wurde von dem Opfer eindeutig identifiziert, sowohl in der Verbrecherkartei als auch bei einer Gegenüberstellung. Er hielt sich an diesem Abend in einer der Sozialwohnungen im Sara Roosevelt auf, trank und zockte …«

Emily unterbrach ihn. »Mr Lopez hat Poker gespielt, ja, und ein Bier getrunken.«

»Wie auch immer«, sagte Petrillo, »die Geschworenen haben ihn innerhalb einer Stunde nach Beginn ihrer Beratung für schuldig befunden.«

»Einspruch. Dauer der Beratung ist irrelevant«, sagte Emily.

»Stattgegeben – Sie können sich setzen, Mr Petrillo.«

Petrillo setzte sich.

»Und Sie können sich erheben, Mr Lopez«, sagte DeResta fast im selben Atemzug.

Zu Tode erschrocken sah Eduardo Emily an. Zusammen standen sie an dem schäbigen schwarzen Kunststofftisch. Richterin DeResta schüttelte müde den Kopf, während sie sich mit der rechten Hand durch das kurze graue Haar fuhr.

»Mr Lopez«, sagte DeResta, »im Namen des Staates New York möchte ich mich bei Ihnen für das erlittene Unrecht Ihrer einundfünfzig Monate langen Haft entschuldigen.«

Eduardo sah verwirrt aus. Emily nahm seine Hand. Die Richterin fuhr fort.

»Der Beweis, den Ihre Verteidigerin heute vorgelegt hat, spricht Sie von diesem Verbrechen frei. Der Vertreter der Anklage hat Skepsis geäußert, die ebenso unsinnig wie ungerechtfertigt ist. Ich werde diese Angelegenheit mit meinem Assistenten besprechen, denn es könnte sich sogar um einen widerrechtlichen Eingriff in ein gerichtliches Verfahren handeln.«

Petrillo senkte den Blick auf seine gefalteten Hände. Er hütete sich, jetzt den Mund aufzumachen.

»Ich habe kaum Zweifel daran«, fuhr die Richterin fort, »dass die Geschworenen zu einem anderen Schluss gekommen wären, hätten dem Gericht damals schon die heutigen DNA-Testmethoden zur Verfügung gestanden. Mr Lopez, es steht Ihnen frei zu gehen.«

Emily drehte sich zu ihm und sagte leise: »Sie sind frei, Eduardo.«

Eduardo weinte, und seine Frau schrie in der hintersten Reihe: *»Gracias a Dios!«* Seine Kinder kamen zu ihm gerannt, um sich in seine Arme zu werfen.

Emily war fast noch glücklicher als Eduardo. Zu ihrem Erstaunen spürte sie, dass ihre Hände zitterten und ihre Augen sich mit Tränen füllten. Eduardo umarmte sie, und dann schien es ihr, als würde sie von sämtlichen Tanten, Onkeln, Nichten, Neffen, Söhnen und Töchtern in Eduardos Familie geherzt und geküsst. Am liebsten hätte sie Luftsprünge gemacht und die Faust in die Luft gereckt. Und womöglich Richterin DeResta in die Gruppenumarmung eingeschlossen.

Bis sie das Vibrieren in der Tasche ihrer Strickjacke spürte.

Verdammt.

Emily drückte eine Taste ihres BlackBerrys. Die SMS kam von ihrem Chef, Daniel Wycliffe Church, für seine Freunde Cliff, Seniorpartner in ihrer Kanzlei. Sie las die Nachricht, die kurz und bündig war:

Wo zum Teufel steckst du? Hier wartet richtige Arbeit.

Lauf, Emily. Lauf.

7. Kapitel

Lauf, lauf, lauf!

In den Büros der meisten Seniorpartner bei Dale, Hardy sah man wenige oder gar keine persönlichen Erinnerungsstücke – keine Fotos von entzückenden Kindern oder attraktiven Ehefrauen, keine Tennistrophäen, Golfplaketten oder Wachsmalstiftzeichnungen mit »Ich liebe dich, Daddy« drauf. Nichts kündete von dem Privatleben dieser Leute – wahrscheinlich, weil sie keins hatten.

Cliff Church machte die Dinge etwas anders. Auf seinem Schreibtisch stand in einem Mahagonirahmen ein großes Foto von einer atemberaubend schönen blonden Ehefrau und drei ebenfalls fotogenen blonden Söhnen. Außerdem hatte Cliff gerahmte Fotos von sich selbst beim Lachsangeln in Vancouver, beim Fliegenfischen in Idaho, beim Brandungsangeln auf Bali.

Es gab zwar kein Bild, auf dem er mit einem Präsidenten der Vereinigten Staaten posierte, aber ein Foto von Cliff und seiner Frau an einem Restauranttisch in Los Angeles, zusammen mit Reese Witherspoon und Jake Gyllenhaal. Cliff lächelte zufrieden. Die drei anderen schüttelten sich vor Lachen. Was für einen umwerfend komischen Witz musste Cliff erzählt haben?

»Pass auf, ich will gar nicht über deine Ehrenamtsscheiße herziehen«, sagte Cliff. »Es ist eine tolle Werbung und wärmende ›Hühnersuppe für die Seele‹. Nur sollten wir beide schleunigst jede verdammte Kleinigkeit über diese Auto-Japsen lesen, mit denen wir heute zu Abend essen.«

Emily sank tiefer in die lächerlich weichen Kissen auf Cliffs Sofa. Sie war sich ziemlich sicher, dass Cliff diese Kissen ausgesucht hatte, weil sie ihm die Möglichkeit boten, die Beine jeder Frau zu studieren, die sich dort hinsetzte, die ihren eingeschlossen.

Emily reagierte mit unverhohlenem Ärger. »Ich habe schon jede verdammte Kleinigkeit über diese ... diese Herren von Nissan gelesen, mit denen wir heute zu Abend essen. Und zwar drei Mal.«

»Dann müssten wir ja bestens vorbereitet sein«, sagte Cliff. Sein Lächeln war verführerisch. »Ach, und keine Sorge, Wörter wie ›Japse‹ oder ›verdammt‹ werde ich heute Abend nicht benutzen. Du weißt ja, ich kann jederzeit meinen Political-Correctness-Schalter umlegen.«

»Ja«, sagte sie. »Ich weiß, dass du das kannst. Schließlich warst du in Andover und auf Harvard.«

»Ich komme gegen sieben bei dir vorbei. Dann haben wir reichlich Zeit, zum Restaurant zu fahren. Hat deine Assistentin bei Momofuku reserviert, wie ich vorgeschlagen hatte?«, fragte Cliff.

»Nein. Ich hab drüber nachgedacht und bin zu dem Schluss gekommen, dass wir nicht versuchen sollten, die Japaner auf ihrem eigenen Gebiet zu schlagen. Wir gehen zu Smith & Wollensky – Austern, dicke Steaks und jede Menge Scotch.«

»Du bist eine kluge Frau«, sagte er. »Mal ganz ohne Schlaumeier-Zynismus, ich mein's wirklich so, Em.«

»Ja, das bin ich«, sagte Emily, bestrebt, aus Cliffs Büro wegzukommen.

Zwei Dinge ärgerten sie. Erstens Cliffs sexistische Haltung. Und zweitens die Tatsache, dass sie ihn attraktiv fand. Gaby wäre so enttäuscht!

Ach, überhaupt – *was für eine Art Mann hatte wohl Gabys Herz erobert?*

8. Kapitel

Wie so oft erwies sich Emilys Einschätzung als richtig. Smith & Wollensky war eine hervorragende Wahl für die Leute von Nissan und ihre potenziellen Anwälte.

»So froh, nicht essen Sushi und Sushi und Sushi. Hervorragendes Rindfleisch ist köstliche Alternative«, sagte einer der Kunden, als sie und Cliff dreien von ihnen in ein wartendes Mietauto mit Chauffeur halfen.

»Wir freuen uns, dass es Ihnen gefallen hat. Uns ebenso«, sagte Emily. »Und ich bin froh, dass Cliff-san die Idee hatte, Sie in ein Steakhouse einzuladen.« Ganz deutlich hörte sie Cliff *»Arschloch«* flüstern.

»Wir sehen uns morgen«, sagte derselbe Japaner, und während Emily leicht den Kopf neigte und Cliff zum Abschied die Hand hob, fuhr das Auto davon.

»Wir haben sie!«, rief Cliff. »Herrgott, wir haben sie!«

»Glaubst du wirklich?«, sagte Emily. Wie immer war sie erstaunt über das Selbstvertrauen und die großtuerische Art ihres Chefs. In gewisser Weise fand sie das beeindruckend.

»Ich *weiß es* einfach«, sagte Cliff. »Als du mit den Umweltauflagen für Kohlenstoffverbindungen gegenüber dem reinen Elektroauto angefangen hast, haben sie gedacht, du wärst die Senatorin von Michigan. Ich übrigens auch einen Moment lang.«

»Ich hatte die Unterlagen drei Mal durchgeackert«, sagte sie und spürte, wie sie rot wurde.

Sie bemerkte, dass sie und Cliff auf der Neunundfünfzigsten Straße ostwärts, auf das Gebäude der Vereinten Nationen zu gingen. Nicht gut.

»Lass uns kurz ins Beekman Hotel gehen. Auf einen Drink zur Feier des Tages«, sagte er.

»Warten wir lieber, bis wir den Auftrag in der Tasche haben, Cliff.«

»Wir haben ihn. Komm schon. Beschrei's nicht, Em. Einen Drink. Nenn's eine Vorfeier.«

»Vielleicht hast du es schon vergessen: Ich habe eine Wohnung, hier in der Innenstadt. Ich habe einen Ehemann. Ich habe ein Leben jenseits von Dale, Hardy.«

Er hielt an. Also blieb Emily auch stehen.

»Nein, hast du nicht«, sagte er grinsend. »Hast du ganz und gar nicht.«

»Was meinst du damit, Cliff?«

»Du hast kein anderes Leben. Dale, Hardy ist dein Leben. Die Kanzlei ist dein Ehepartner. Die Kanzlei ist dein Leben. Du verbringst achtzig Prozent deiner Zeit dort. Du arbeitest wie ein Tier. Du hast kein anderes Leben, Emily.«

Sie widersprach ihm nicht. An seinen Behauptungen war etwas Wahres. Sie ließ sich nicht einmal auf eine Diskussion ein.

»Ich nehme mir auf der First Avenue ein Taxi, Cliff«, sagte sie und machte sich auf den Weg.

»Halt, Emily!«, rief er. »Warte bitte mal.«

Sie erstarrte, ohne sich jedoch umzudrehen. Allmählich machte Cliff sie nervös.

Plötzlich lagen seine Arme um ihre Schultern. Er beugte sich vor und drückte seine Lippen in ihren Nacken. Dann küsste er sie auf die Wange, in den Mundwinkel.

»Ich nehme mir jetzt ein Taxi«, sagte Emily. Und rührte sich nicht von der Stelle.

»Lass uns erst was trinken«, sagte er. »Das Beekman ist gleich um die Ecke.«

»Ich muss los.«

Erneut küsste er sie in den Nacken. Einen Moment lang dachte Emily: *Wenn du nicht reagierst, es nicht erwiderst, dich nicht rührst, dann ist es eigentlich gar nicht passiert. Oder?* Dann dachte sie: *Nein. Das stimmt nicht. Das hier passiert eindeutig. Und was tue ich dagegen?*

»Du hast eine Grenze überschritten, Cliff. Da drüben steht ein Taxi«, sagte sie und eilte in Richtung First Avenue davon.

Lauf, Emily. Lauf.

9. Kapitel

Gabys zweites Video, Teil Eins

Na, das war eine Premiere! Noch nie zuvor habe ich ein Video verschickt, das drei von euch vieren dazu gebracht hat, mich noch am selben Tag anzurufen. Ich sollte häufiger heiraten. Ach ja, und ich nehme an, dass ihr euch spätestens nach dem Telefonat mit mir gegenseitig angerufen habt. Das gefällt mir.

Okay. Es ist noch sehr früh hier oben in Westmass. Alles, was ihr durchs Wohnzimmerfenster sehen könnt, ist Dunkelheit. Das liegt daran, dass es erst Viertel nach vier ist.

Ich war nämlich die ganze Nacht auf.

Hab nachgedacht.

Und Folgendes ist dabei rausgekommen.

Ich habe über euren Dad nachgedacht. Und … ja, darüber möchte ich mit euch sprechen.

Selbst nach drei Jahren ist es noch so, als wäre Peter, wenn wir nicht gerade über ihn reden, in Wirklichkeit gar nicht tot. Als wäre er nur für eine Weile fort. Wisst ihr, was ich meine?

Ich will euch ein Geheimnis verraten, über das ich

noch mit niemandem sonst gesprochen habe. Nachts strecke ich immer noch die Hand nach ihm aus.

Und manchmal kaufe ich Lammkoteletts, weil Peter sie so gern mochte.

Wenn tagsüber irgendwas passiert, sagen wir, in meiner Klasse, dann höre ich mich oft sagen: Ich kann's gar nicht erwarten, es Peter und den Kindern zu erzählen. Ich weiß, ich bin der letzte sentimentale Trottel.

Ich erinnere mich hauptsächlich an gute Zeiten. Wer denkt schon gerne an versäumte Hypothekenraten und Streitereien zurück, wenn es so viele schöne, lustige Dinge gibt, die man gemeinsam erlebt hat?

Wisst ihr, ich habe gerade *Freiheit* zu Ende gelesen und finde, dass Jonathan Franzen wunderbar schreibt; ich glaube aber, dass seine Sicht auf das Leben, wie die meisten von uns es führen, unvollständig ist. Er scheint der Meinung zu sein, dass Leute, die sich nicht zwanghaft mit den offenkundigen Absurditäten des Lebens beschäftigen, strohdumm sind und dass intelligente Menschen unmöglich glücklich sein können. Das sehe ich nicht unbedingt so. Ich glaube, dass die meisten Leute ein sehr befriedigendes Leben führen können, solange sie nicht zu viel Nabelschau betreiben und sich nicht über Dinge Sorgen machen, die außerhalb ihrer Kontrolle liegen.

Wie auch immer, bevor ich mich selbst unterbrochen habe, war ich sentimental … Ich erinnere mich, wie Peter und ich einmal in den Dünen von Truro eingeschlafen sind. Zwei Stunden später hatten wir vom Giftefeu einen so schlimmen Ausschlag, dass wir uns kaum ins Auto setzen konnten, um zur Pension zurückzufahren. Trotzdem behalte ich dieses verlorene Wochenende in guter Erinnerung.

Und ich weiß noch genau, wie stolz er auf das neue Fenster war, das er in Lizzies und Claires Zimmer eingebaut hatte. Allerdings hat er es quer montiert, und ich muss beim Aufmachen immer noch jedes Mal lachen. Nur heute nicht.

Und als er mich – sehr schön, poetisch – gefragt hat, ob ich ihn heiraten wolle, und ich lächelnd gesagt habe: »Klar!«, war er, glaube ich, ein wenig gekränkt. Deshalb habe ich ihm mindestens fünfzehn Minuten lang all das aufgezählt, was ich an ihm liebte. Dasselbe könnte ich jetzt auch noch tun.

Es vergeht kein Tag, und das gilt für euch sicher genauso wie für mich, an dem ich nicht denke, wie unfair es war, dass er von uns genommen wurde. Wie unglaublich dumm.

Herrje, ich hatte schon befürchtet, dass das passieren würde. Da bricht ein Wasserfall los.

Bleibt dran. Ich bin gleich wieder da. Ich muss euch noch etwas Wichtiges sagen.

10. Kapitel

Gabys zweites Video, Teil Zwei

Entschuldigt bitte. Jetzt geht's mir wieder gut. Ihr kennt mich. Stark wie ein Bulle und am Heulen, eh man sich's versieht.

Wie auch immer … Dieser Mann also, dieser wunderbare Mann, euer Dad, der so sehr auf seine Gesundheit geachtet hat. All die fettarmen Joghurts, das Bioobst und -gemüse. Jeden Morgen auf die Waage, jeden Tag sechseinhalb Kilometer gelaufen. Und dann geht die genetisch bedingte Herzinfarktzeitbombe hoch. Es war eine so lächerlich kurze Zeit, die wir mit ihm hatten – als Ehemann, als Vater, als Freund, als Seelenverwandter.

Aber wisst ihr was, ein einziges herrliches Wochenende mit eurem Vater war mehr wert als ein ganzes Leben mit manch anderem Mann.

Nun denkt ihr wahrscheinlich: *Ja, wenn du Dad so sehr geliebt hast, warum willst du ihn dann ersetzen?* Die Sache ist, glaube ich, die, dass ich ihn niemals »ersetzen« kann. Es ist nur so, dass … ich wieder geliebt werden möchte.

Und ich muss wirklich etwas für mich tun. Mein ganzes Leben habe ich darauf verwandt, mich um andere Leute zu kümmern – was ich nicht bedaure –, aber jetzt tue ich etwas für mich selbst. Jippie!

Näheres darüber werdet ihr alle an Weihnachten herausfinden.

Keine Sorge. Ich weiß, wer die Person ist. Kenne sie schon eine Weile. Die Person selbst weiß allerdings nicht, wer die Person ist. Wie gesagt, ich tue etwas für mich, und genau so möchte ich es gerne haben.

Ach ja, übrigens möchte ich euch daran erinnern, dass es in der Gegend um Stockbridge eine ganze Reihe geeigneter und außergewöhnlicher Kandidaten gibt.

Wie zum Beispiel euren Onkel Martin. Ich weiß, für euch ist er der kleine Bruder eures Vaters, aber er ist nur zehn Monate jünger – was ist das schon? Und eins sage ich euch: Ich hab immer ein bisschen für Marty geschwärmt, und er für mich.

Marty ist wunderbar. Negative Seite? Er spielt Rhythmusgitarre – schlecht. Positive Seite? Exfrau völlig von der Bildfläche verschwunden, lebt in Kalifornien. Attraktive grau melierte Haare, und zwar viele. Kocht sehr gut italienisch. Strammer Po vom täglichen Schwimmtraining. Allgemein beliebtester Bauunternehmer in der Gegend.

Ach ja, und was ich noch nicht erwähnt habe – Marty hat mir einen Heiratsantrag gemacht.

Was nicht bedeutet, dass ich Ja gesagt hätte, oder?

Noch etwas, was ich vergessen habe zu erwähnen, und das ist der helle Wahnsinn: *Marty ist nicht der Einzige.*

Es gibt drei Anträge – bis jetzt jedenfalls. Erscheint euch das unvorstellbar, ja sogar unglaublich? Mir auch, ganz bestimmt. Sogar jetzt noch. Ich bin immer noch wie unter Schock und ein bisschen benommen von der ganzen Angelegenheit.

Ich erzähle euch jetzt, wie es passiert ist.

Nach einem unserer Frühstücke für die Obdachlosen saßen ein paar von uns noch in der Scheune: Marty, Jacob, Tom, Stacey Lee und ich.

Plötzlich erzählte Marty allen, er habe mir einen Heiratsantrag gemacht und nun warte er auf eine Antwort. »Ihr kennt Gaby. Sie macht alles auf ihre Weise und in ihrem Tempo«, sagte er.

Was dann folgte, begann als Jux, fast als Parodie. Jedenfalls kam es mir anfangs so vor.

Jacob ließ sich auf ein Knie nieder und – machte mir einen Heiratsantrag. »Das ist mein Ernst, Gaby. Wenn es sein muss, bin ich ein sehr ernsthafter Mensch«, sagte er. »Willst du mich heiraten? In dich verliebt bin ich, glaube ich, schon seit ein paar Jahren. Ich werde dir ein sehr guter Ehemann sein, Gaby.«

Die Art, wie Jacob fragte, war so schön und wohlüberlegt – die Vermutung lag nahe, dass er sich das schon vor diesem Morgen ausgedacht und einstudiert hatte.

Dann stand Tom auf und stellte sich genau vor mich hin. Mein Gott, was ging denn hier vor? Er war der emotionalste von allen – aber Tom ist immer emotional gewesen –, und sein Gesicht war rot, als er gestand, dass er vermutlich schon seit zwanzig Jahren in mich verliebt war – aber er sagte es auf die süßeste Art, die man sich nur vorstellen kann. Im Sport war er immer selbstbewusst, in manchen gesellschaftlichen Situationen dagegen eher schüchtern.

»Ich kann dich nicht an Marty oder Jacob gehen lassen, ohne dir wenigstens gesagt zu haben, was ich fühle. Ich verehre dich, Gaby. Ich wusste nur nicht, ob du schon bereit bist. Wenn du es bist – willst du mich heiraten? Willst du zumindest darüber nachdenken?«

Ich war verblüfft, überwältigt, sprachlos und habe schließlich gesagt, dann würde ich ihnen wohl Bescheid geben müssen. Etwas anderes fiel mir nicht ein.

Sie waren alle so aufrichtig, und jeder von ihnen liegt mir sehr am Herzen. Ich wollte keinen von ihnen kränken, zumal ich mir in diesem Moment meiner eigenen Gefühle gar nicht sicher war. Alles geschah so schnell und so unerwartet.

Aber inzwischen weiß ich, was ich will – *wen* ich will. Ich glaube, ich war mir noch nie im Leben einer Sache sicherer. Ich bin total verliebt in den Menschen, mit dem ich den Rest meines Lebens verbringen will.

Jetzt aber. Genug über mich gequasselt. Hier gibt's noch einiges für mich zu tun.

Bleibt mir nur noch eines zu sagen: Wir sehen uns an Weihnachten, und wir sehen uns in meinen Träumen. Ich habe euch alle sehr lieb.

11. Kapitel

Gaby beschloss, die DVD-Kopien später zu machen und sie dann zur FedEx-Niederlassung zu bringen. Jetzt musste sie hinaus in die Scheune. Ihr Arbeitstag hatte offiziell begonnen.

Für eine halbe Sekunde hielt sie inne, um sich im Flurspiegel anzuschauen. »Gar nicht so schlecht«, sagte sie, »dafür, dass ich die halbe Nacht auf war.«

Sie ging in die Scheune, um zwanzig oder mehr Obdachlosen aus der Stadt ein Frühstück zu geben. Das machte sie seit über zwanzig Jahren jeden Tag. Vor ihr hatten es schon ihre Eltern und Großeltern gemacht – Frühstück für Wanderarbeiter, die im Herbst kamen, um Äpfel zu pflücken und Kürbisse zu ernten, und für Familien, die von der Weltwirtschaftskrise gebeutelt wurden, dann für Leute, die ihre Arbeit in den Handschuh-, Hut- und Schuhfabriken jenseits der Grenze im nördlichen Teil des Staates New York verloren hatten.

Mit das Schönste daran war, dass sie diesen Frühstücksdienst zusammen mit ihren Freunden, ihren Kumpels, männlichen wie weiblichen, organisierte. Und was es im Moment noch reizvoller machte: Drei von ihnen hatten um ihre Hand angehalten. Sie hatte zwar nicht Ja gesagt, aber Nein auch nicht. Und keiner von ihnen hatte seinen Antrag zurückgezogen. Vielmehr verlangten sie alle mit Nachdruck eine Antwort von ihr. Zwischen ihnen war es sogar ein- oder zweimal zu Streit gekommen.

Tom Hayden besaß eine Farm am Ort. Er war ein ehemaliger Profihockeyspieler, sündhaft gut aussehend. Und wahrscheinlich der netteste Mann weit und breit. Jacob Coleman, der Rabbi von der Am-Shalom-Synagoge in Great Barrington, war auch so ein Weltverbesserer wie Gaby. Er war ein ernsthafter Mann, aber mit einem wunderbaren Sinn für Humor. Niemand brachte sie so zum Lachen wie er. Marty Summerhill war Peters jüngerer Bruder. Ihr langjähriger Freund. Immer, *immer* für Gaby da. Nummer vier im Bund der anwesenden Freunde war Stacey Lee Pashcow, eine geschiedene Frau mittleren Alters, mit der Gaby aufgewachsen war. Kaum ein Tag verging, ohne dass sie und Stacey Lee sich zum Mittagessen oder auf einen Kaffee trafen, und zweimal im Monat fuhren sie nach Boston zu einem Symphonie- oder vielleicht auch einem Dave-Matthews-Konzert. Ein- oder zweimal die Woche schaute Gaby in Stacey Lees Restaurant und Laden, dem Farmer's Wife, in Stockbridge vorbei, um auszuhelfen – Hähnchenbrust klein zu schneiden, Pasteten zu verzieren, den weithin berühmten Schokoladenkuchen à la Stacey Lee mit einer Glasur zu überziehen.

Wegen ihrer neuesten Videodarbietung war Gaby an diesem Morgen spät dran, so dass sie im Eilschritt auf die Küchenecke in der Scheune zujoggte. Was war es noch, was Emily immer sagte – *Lauf, Emily, lauf?*

»Ich *hasse* dieses Eipulver«, sagte sie zu Jacob, der auf dem Holzofen in der Ecke in einem Topf mit gelbem, klebrigem Schleim rührte.

Der gut aussehende Rabbi beugte sich zu ihr und küsste sie auf die Wange. »Das weiß ich, du kleine Puristin. Solange aber deine zehn Hühner keine vierzig Eier am Tag legen, ist es das Beste, was wir machen können. Ein kleines christliches Wunder wäre vielleicht hilfreich. Kannst du das arrangieren?«

Gaby verpasste Jacob einen leichten Klaps auf die Schulter und lächelte Marty zu, der im Begriff war, den hungrig aussehenden Menschen an den drei hölzernen Tischen Besteck und Servietten auszuteilen.

Dann entdeckte Gaby Stacey Lee, die durch die Scheune wirbelte – Ziegendung aufkehrend, Abfall vom gestrigen Frühstück einsammelnd, die miesen Arbeiten erledigend, die sonst keiner machen wollte.

Schließlich gesellte Gaby sich zu Tom, der heißen Haferbrei in Schälchen füllte. Während sie schnell und effizient an seiner Seite arbeitete, fiel ihr auf, dass fast jede Schale angeschlagen war. Sie bestand darauf, dass sie echtes Geschirr benutzten, keins aus Pappe oder Plastik, nur die Servietten waren aus Papier.

»Hallo, Tom, du siehst fantastisch aus heute Morgen.«

»Hallo, Gaby, du bist wie immer hinreißend. Gott, *schau dich doch mal an*!«

Gaby grinste. »Und da fragen sie sich, warum ich mit dir an der Haferbrei-Ausgabe arbeite.«

Tom erwiderte ihr Lächeln. »Du könntest es offiziell machen. Du und ich? Für immer Haferbrei?« Natürlich antwortete Gaby nicht.

In diesem Augenblick begann Stacey Lee, an den Tischen Geld einzusammeln. Gaby fand, dass jeder für das Frühstück etwas zahlen sollte, selbst wenn es nur ein paar Pennys waren und sie das Kleingeld von ihr oder einem der anderen Helfer borgen mussten.

»Danke fürs Kommen!«, verkündete Gaby wie jeden Morgen. »Ohne euch könnten wir das hier nicht machen. Wer hat denn Hunger?«

12. Kapitel

Seth und Andie

Gabys einziger Sohn Seth sang an diesem Morgen schon *vor* dem Frühstück:

Ihr Kinderlein kommet, oh kommet doch all
Nach Stockbridge zu Gaby, in Summerhills Stall.
Selbst Seth und auch Andie sind da in der Nacht,
Wo unserer Gaby das Hochzeitsglück lacht.

»Findest du dieses dämliche Lied auch so gut wie ich?«, sagte Seth zu Andie.

Andie lächelte nur.

Die beiden saßen auf einem klobigen grünen Sofa, das sie mit orangefarbenen Kunststoffkissen aus einem Ein-Dollar-Laden in Chinatown aufzupeppen versucht hatte. Bostons Chinatown war allerdings nicht sehr groß, und für einen Dollar bekam man keine besonders aufregenden Kissen. Und offensichtlich hatten Seth und Andie nicht viele Dollars für Dekoration oder irgendetwas anderes übrig.

»Ich weiß, welches Lied du gerne hättest«, sagte

Seth. Dann bearbeiteten seine Finger das Drei-Oktaven-Keyboard auf seinem Schoß, während er sang:

Wedding bells, Wedding bells
Hochzeitsglocken-Rock,
Unsere Gaby ist die Braut,
Oje, was für ein Schock!

Jetzt lächelte Andie wieder, diesmal jedoch ein breites, offenes Lächeln, das ganz unwiderstehlich war. Immer wenn Seth ihr das sagte, antwortete sie: »Mein ganzes Leben lang habe ich mein Lächeln für jemanden wie dich aufgespart.« Und Seth wusste, dass das stimmte. Andies Eltern waren bei einem Autounfall ums Leben gekommen, als sie zwölf war. In ihrer Erinnerung waren ihre Teenagerjahre ein Brachland der Einsamkeit – nicht schlimm, nicht grausam, einfach quälend einsam. Daher beschloss sie, als sie Seth kennenlernte und als klar war, dass er sie liebte, ihn mit der ganzen Fürsorge und Liebe zu umgeben, die sie seit dem Tod ihrer Eltern in ihrem Inneren bewahrt hatte.

»Komm schon«, sagte er. »Der ›Wedding-Bell-Rock‹ gefällt dir besser.«

»Nicht, dass er mir besser *gefällt*, Seth. Ich glaube nur, dass er besser zu meiner bildlichen Darstellung passt.«

Sie hielt ihre Skizze hoch – einen bezaubernden, witzigen und respektlosen Cartoon, auf dem Gaby mit zehn unter ihren Skimützen und Schals nicht zu identifizierenden Männern in einem offenen Schlitten fuhr.

Ein Paar – offensichtlich Seth und Andie – jagte holterdipolter in einem verrückten Cabrio hinter ihnen her.

Seth ließ das Keyboard von seinem Schoß gleiten. Dann beugte er sich zu ihr hinüber und küsste sie.

»Wir nehmen den ›Wedding-Bell-Rock‹. Das ist das Beste.«

»Du bist der allergrößte Schatz«, sagte sie und erwiderte den Kuss, der diesmal länger dauerte. »Und der beste Mitbewohner aller Zeiten.«

»Sollen wir das Lied und die Karte fertig machen, oder sollen wir … du weißt schon«, fragte er, »bevor wir zur Arbeit losmüssen?«

Andie rutschte auf seinen Schoß. »Du weißt schon?«

»Du weißt schon«, sagte er. »Gut, dass wir manchmal in Unterwäsche dasitzen. Bereit, die Gelegenheit beim Schopf zu packen. Unter anderem.«

»Erinnerst du dich, was deine Mutter mal gesagt hat – bei diesem Überraschungsbesuch am helllichten Nachmittag?«

»›Ihr beide lauft immer rum wie in einem französischen Spielfilm‹?«

Außerdem hatte Gaby ihnen gesagt, sie finde das hinreißend. *Sie* waren hinreißend – beide so schlank und groß und offensichtlich bis über beide Ohren ineinander verliebt.

Was die beiden in letzter Zeit beschäftigte, hatte Seth Gaby allerdings nicht erzählt. Sie waren nämlich ein einziges angespanntes Nervenbündel. Weil …

Der renommierte New Yorker Verlag Alfred A. Knopf prüfte Seths Roman »Die Traumjäger«. Sechs Wochen lang war das Manuskript herumgereicht worden, und jetzt rief Seth ungefähr jede Viertelstunde seine E-Mails ab. Allmählich wurde er genauso nervös wie seine Schwester Emily, die Anwältin in New York.

Knopf hatte sich jedoch noch nicht gemeldet. Was bedeutete, dass Seth nach wie vor der überqualifizierteste Rezeptionist bei Arnold Worldwide, einer Bostoner Werbeagentur am Center Plaza, war.

Währenddessen war Andie ein paar Flure und Büros weiter bei Little, Brown damit beschäftigt, Illustrationen für Kinderbücher anzufertigen. »Bücher für Kleinkinder, nicht für Kinder oder Jugendliche oder Leseanfänger«, sagte sie, ganz im Branchenjargon. »Ich bin genau die Richtige für die visuelle Kommunikation mit den unter Dreijährigen.«

»Was wird's denn nun?«, fragte Seth, während er ihr sanft über Arme, Hüften und Beine streichelte.

»Wir sollten diese Karte fertigkriegen«, sagte sie und küsste ihn. »Unsere Gaby ist die Braut, oje, was für ein Schock!«

13. Kapitel

Um zwanzig nach acht an diesem Morgen zog Seth, immer noch äußerst nervös und voll unerfüllter Erwartungen, bei Arnold Worldwide seinen Mitarbeiterausweis durch den Kartenleser am Drehkreuz. Er setzte sich an seinen Schreibtisch und fuhr den Computer hoch. Doktorand in amerikanischer Literatur und vielversprechender Romanautor, der er war, würde er den Rest des Tages damit zubringen, Besucher zu begrüßen und zu sagen: »Ich rufe ihn an und sage ihm, dass Sie hier sind.«

Als Erstes rief er seine E-Mails ab, um zu sehen, ob der allmächtige Knopf in den vierzig Minuten, seit er zuletzt in seine Mailbox geschaut hatte, mit ihm in Kontakt getreten war.

Nö, nichts aus New York.

Nur die erste von vielen E-Mails von Andie. »Es ist erst eine halbe Stunde her, und ich vermisse dich schon. Nein, nicht ganz ernst gemeint. Die Leute von Knopf sind wahrscheinlich noch nicht mal in ihren Büros.«

Also hängte Seth seine alte Cowboyjacke in den Schrank. Dann sortierte er die Zeitschriften – *AdAge*, *AdWeek* und *Creativity* aufgefächert in einem Stapel,

Wired, *Face* und *L'Uomo Vogue* in einem anderen. Er vergewisserte sich, dass der Aushilfsnachtportier den Wasserspender mit neuen Pappbechern versehen hatte. Dann überlegte er, inwiefern sein BA, den er in Dartmouth in Literatur der Renaissance gemacht hatte, eine Vorbereitung auf diesen Job gewesen war. Er war wirklich ein Allroundtalent.

Um Viertel vor neun trudelten die Kundenbetreuer der Agentur ein – keine unfreundlichen Leute, aber doch mit einer gewissen Herablassung in ihrem »Wie geht's, Seth, alter Freund?« oder, unter Auslassung der Nettigkeiten: »Ich erwarte den Werbemanager von J und J um neun. Schicken Sie ihn zu mir rein. Sorgen Sie dafür, dass er sich hier wie zu Hause fühlt. Sie wissen ja, wie man das macht, Seth.«

Die Kreativen kreuzten erst kurz vor halb zehn auf, manche sogar noch später, manche gar nicht. »Ich hänge heute zu Hause ab, Seth. Denk dir was aus.« Seth holte die Zeitungen vor den Aufzügen ab und legte sie auf den Couchtisch. Den *Boston Globe*, das *Wall Street Journal*, *USA Today*, die *New York Times*. Der Tag konnte beginnen.

Er nahm den Deckel von seinem Dunkin'-Donuts-Kaffee und aktualisierte sein persönliches E-Mail-Konto.

Und da war sie! Die E-Mail, auf die er seit Wochen gewartet hatte, die E-Mail von der Lektorin, die bei Knopf als Erste seinen Roman gelesen und gemocht hatte. Na, sie *war* immerhin früh bei der Arbeit.

Hi Seth,

ich komme gleich zu dem, was Sie wissen möchten. Leider habe ich keine guten Nachrichten. Beim gestrigen Lektoratsmeeting wurde beschlossen, auf »Die Traumjäger« zu verzichten. Es herrscht allgemein der Eindruck, dass in diesem angespannten wirtschaftlichen Klima ein Debütroman, der in einem Science-Fiction-Rahmen das Thema des Erwachsenwerdens bearbeitet, für den durchschnittlichen Leser, ja selbst den von Knopf gehegten und gepflegten literarischen Leser, zu anspruchsvoll ist.

Alle, Sonny Mehta eingeschlossen, waren übereinstimmend der Meinung, dass Ihr Roman hervorragend gemacht und ein einzigartig geschriebenes und gut aufgebautes Werk ist. Aber mir ist natürlich klar, dass diese Bemerkungen kaum dazu angetan sind, Ihre Enttäuschung über dieses Ergebnis zu lindern.

Ich weiß, dass es irgendwo einen sehr guten Verlag gibt, der die Gelegenheit, dieses schöne Projekt zu übernehmen, beim Schopf ergreifen wird. Und wir bei Knopf sind gespannt auf Ihre künftigen Arbeiten.

In ein paar Wochen werde ich Sie einmal anrufen, um zu sehen, ob Sie an einem neuen Roman sitzen. Und ich darf Ihnen versichern, Seth, ich teile Ihre Enttäuschung darüber, dass es mit den »Traumjägern« nicht so recht vorangeht.

Mit besten Grüßen
Mariana Gortensen, Lektorat

Herrgott, nein, du teilst meine Enttäuschung nicht, Mariana. Nicht einmal annähernd. Aber, Herrgott, ja, mit etwas anderem hast du recht: Das ist kaum dazu angetan, meine Enttäuschung über dieses Ergebnis zu lindern!

Unwillkürlich las Seth die E-Mail noch ein paarmal. Nachdem er sie sich eingeprägt hatte, tat er das Einzige, was ihn vielleicht beruhigen und ihm ein wenig Seelenfrieden bringen würde.

Er rief Gaby an. Obwohl er sie mitten im Unterricht erwischte, nahm sie sich mehrere Minuten Zeit, beschwichtigend auf ihn einzureden. Sie sagte zu ihm, er sei ein sehr guter Schriftsteller – und sie wisse, was einen guten Schriftsteller ausmache –, sie habe ihn ungeheuer gern und da müsse er jetzt durch.

Aus irgendeinem Grund war das Seth eine große Hilfe.

Da musst du durch. Das war seine Mom.

14. Kapitel

»Die Sache stinkt. Nein, sogar noch schlimmer«, sagte Gaby zu Seth. Sie hatte mit ihrem Handy das Klassenzimmer verlassen. Ihr war klar, dass sie den armen Seth nicht einfach abwürgen durfte. Sie hielt es für richtig, ihren Kindern, wenn sie ein Problem hatten, zwar Mitgefühl entgegenzubringen, sie aber nie anzulügen. Sie hatte nicht die Absicht, Seth mit einem Hirngespinst zu füttern wie: »Oh, dann kauft eben jemand anders deinen Roman« oder »Nimm es einfach als böse Unebenheit auf der Straße zu einem Pulitzer«.

»Ach, es ist ätzend«, sagte er. »Dabei war Mariana so begeistert. Allen habe es gefallen, hat sie gesagt. Allen … wirklich allen. Und was macht das jetzt für einen Unterschied?«

»Warte mal. Es macht einen Unterschied, Seth. Der Lektorin hat es gefallen. Anderen Leuten bei Knopf auch. Sie hat empfohlen, es zu kaufen. Dem haben andere sich angeschlossen. Irgendwie ist es dann vermurkst worden. Deshalb sollten wir nicht gleich die Hoffnung aufgeben. Natürlich werde ich nie mehr ein Buch von Knopf kaufen.«

»Bleib mal kurz dran, Mom«, sagte er. Und dann hörte Gaby Seth sagen: »Gehen Sie einfach durch, Sir. Er erwartet Sie. Sie wissen ja, wo es ist, vierte Tür links.« Eine Pause. Dann: »Mom? Bist du noch da?«

»Lass dich von deiner Enttäuschung nicht blind machen, Seth. Sei enttäuscht. Weine ein bisschen. Schrei ein bisschen. Drink ein paar Martinis. Und dann steck's weg.«

»Ich weiß, Mom, aber es ist hart. Ich hatte so viel Hoffnung darauf gesetzt. Wie bescheuert«, sagte er, und Gaby glaubte beinah ein Schluchzen in der Stimme ihres Sohnes zu hören. Sie erinnerte sich an das, was ihre Mutter immer gesagt hatte: »Eine Mutter ist nur so glücklich wie ihr unglücklichstes Kind.« Vor ihrem inneren Auge sah sie Seth wie einen Käfer vor ihr auf dem Rücken liegen.

»Ich muss jetzt aufhören. Schließlich hab ich ja einen wichtigen Empfangsjob zu erledigen. Und ich werde es wegstecken.«

»Ich liebe dich, mehr als ich meine Ziegen liebe, und du kennst meine Gefühle für diese Ziegen«, sagte Gaby. »Denk dran, du bist mein Lieblingssohn.«

»Mom. Ich bin dein *einziger* Sohn.«

Beide lachten leise, bevor sie auflegten.

Seth warf einen letzten Blick auf die E-Mail von Knopf. Dann drückte er die Löschen-Taste. Auch er würde nie wieder ein Buch von Knopf kaufen.

15. Kapitel

Gabys drittes Video

Es ist Zeit, dass ich eine Lobrede auf ein paar wunderbare Männer halte. Sie alle sind bereit, sich auf mein großes Geheimnis einzulassen, und finden auch, dass Gaby endlich etwas für sich selbst tun muss. Das ist jedenfalls das, was sie mir gegenüber äußern. Was Leute hinter meinem Rücken sagen, war mir schon immer ziemlich egal.

Ihr alle kennt Jacob – in den Claire, wie ich zufällig weiß, seit ihrem zwölften oder dreizehnten Lebensjahr verknallt war. Zuerst hab ich gedacht, sie wollte zum Judentum konvertieren, um Bat-Mizwa feiern und wie ihre Freundin Lauren coole Geschenke kriegen zu können. Als sie dann eines Tages sagte: »Rabbi Jacob ist heute Morgen an unserem Haus vorbeigejoggt … in Laufshorts sieht der ja umwerfend aus«, wusste ich, dass es nicht nur um Bat-Mizwa-Geschenke ging.

Und, Claire, mach dir nicht die Mühe, allen zu mailen, dass das nicht stimmt. Ich weiß es – weil er in seinen Laufshorts tatsächlich umwerfend aussah.

Jacob sieht immer noch umwerfend aus, mehr denn je. Außerdem ist er klug und feinfühlig und vernünftig. Und lustig. Bei der Hochzeit der Silvermans vor zwei Wochen stand ich gerade bei ihm, als eine Frau, deren Name in diesen sehr öffentlichen Videos ungenannt bleiben soll, auf uns zukam und sich beschwerte: »Hier essen sie Garnelen, Rabbi.« Jacob nickte bedächtig und sagte: »Hmm. Hoffen wir, dass sie ihnen nicht besonders schmecken.«

Dann ist da Tom Hayden, der Tom Hayden aus *Massachusetts.*

Wir ignorieren einfach die Tatsache, dass ich Tom einmal sagen hörte, er würde eher »einen Monat an seinen Zehen aufgehängt verbringen«, als jemals wieder zu heiraten. Nicht ignorieren wollen wir dagegen seine verblüffende Ähnlichkeit mit Brett Favre, den ich, um ehrlich zu sein, mehr wegen seiner Wrangler-Werbespots als wegen seiner Football-Talente bewundert habe. Er *war* doch Footballspieler, oder? (Vielleicht sollte ich aber sagen *ist* – womöglich ist er ja noch mal vom Rücktritt zurückgetreten?) Jedenfalls, Tom Hayden. Er bringt allen Kindern im Ort nicht nur bei, wie man Hockey spielt, sondern auch, wie man es mit Begeisterung spielt. Außerdem hat Tom etwas für komische Filme übrig, genau wie ich. Er nimmt mich mit zum Wandern und sogar zum Kanufahren. Habe ich erwähnt, dass Tom auch lustig ist? Er muss schon Sinn für Humor haben, um mit mir in ein Kanu zu steigen.

Wartet mal einen Moment. Ich habe Gesellschaft bekommen – vielleicht ist es Tom? Haben ihm vielleicht die Ohren geklungen? Will er mir vielleicht einen zweiten Antrag machen?

16. Kapitel

»Aha, hab ich dich erwischt! Ich wette, du drehst gerade einen Pornofilm! Habe ich Toms Namen gehört? Ist er hier? Ist Tom Hayden derjenige, welcher, Gaby? *Tom, bist du da drin?* Ist das eine Boulevardkomödie? Eins dieser Possenspiele?«

»Du hast mich zu Tode erschreckt, Stacey Lee«, sagte Gaby, während sie die Videoausrüstung in der Ecke des Wohnzimmers verstaute. »Wirst du je lernen zu klingeln?«

»Klingeln? Ich bin doch so was wie Familie. Sogar noch näher«, sagte Stacey Lee. Die beiden Frauen umarmten sich. »Eigentlich solltest du mir auch eine dieser DVDs mit Familiennachrichten schicken.« Sie flüsterte Gaby ins Ohr: »*Wer ist es, Gaby?* Das macht mich noch wahnsinnig. Seit der ersten Klasse bin ich deine beste Freundin. Hat das denn gar nichts zu bedeuten?«

»Gib's auf, Stacey Lee. Komm, es ist Zeit für unser Treffen in der Scheune«, sagte Gaby.

»Ich weiß, Schätzchen. Ich will dich aber noch einmal fragen: Hältst du es wirklich für eine gute Idee, ein Hochzeitsplanungstreffen mit so vielen Leuten zu machen? Von denen einige dir obendrein noch *einen Heiratsantrag gemacht* haben?«

»Es sind sechs Leute, Stacey Lee. Nur die Freiwilligen aus der Scheunenfrühstücksgruppe. Du. Ich. Und die Jungs.«

»Das Problem bleibt bestehen – niemand weiß, wen du heiratest.«

»Falsch«, sagte Gaby. »*Ich* weiß es. Und die anderen haben sich darauf eingelassen, dass es so läuft, wie ich es möchte, es *brauche*. Sie wollen auch, dass die Kinder Weihnachten alle nach Hause kommen. Und sie respektieren meine Wünsche, meinen Stil. Schon immer. Das gehört bei mir zum Paket dazu.«

Stacey Lee rang die Hände. Gaby war klar, dass sie das Drama in Wirklichkeit auch genoss. Sie wollte einfach vor allen anderen den Schluss der geheimnisvollen Geschichte lesen.

»Weihnachten werden alle es erfahren. Meine Familie. Meine Freunde. Die Ziegen und Hühner. In der Zwischenzeit müssen wir ein Hochzeitsfest planen.«

»Hast du noch einen Pullover für mich? Es ist plötzlich so kalt geworden. Es fühlt sich sogar nach Schnee an«, sagte Stacey Lee.

»Oh, du musst dich abhärten. Ich werde dich schon warm halten«, sagte Gaby, während sie den Arm um Stacey Lee legte. Zusammen gingen sie hinaus zur Scheune. Gaby sagte kein Wort mehr über die Kandidaten, und aus Respekt und Zuneigung tat Stacey Lee es ihr gleich.

17. Kapitel

»Ah, die schöne Braut und die nicht weniger schöne Trauzeugin«, sagte Tom, als Gaby und Stacey Lee in die Scheune schlenderten. Für einen Exhockeyspieler konnte er gut mit Wörtern umgehen.

»Du meinst, die attraktive, aber matronenhafte Trauzeugin«, sagte Stacey Lee.

»Wenn jede Frau aussähe wie du, würde es keiner etwas ausmachen, älter zu werden«, sagte Marty.

»Du warst mir immer der liebste Summerhill«, sagte Stacey Lee grinsend. Alle im Raum waren seit Jahren befreundet. Manche seit Jahrzehnten. Und mit Gaby hielten sie es nicht nur aus, sie war die Flamme, die sie wie die Motten umflatterten.

Die zur Debatte stehenden Männer saßen an einem der rustikalen Holztische. Gaby und Stacey Lee gesellten sich zu ihnen.

»Ich habe genau eine Stunde Zeit, bis ich in meinen Hebräischunterricht muss«, sagte Jacob. »Die Kinder in dieser Klasse mag ich nicht besonders. Sie sind noch egozentrischer als ihre Eltern, falls das überhaupt möglich ist. Aber ich muss sie natürlich unterrichten, als wären sie meine eigenen Kinder.«

»Und ich bin Geburtshelfer auf Abruf«, sagte der Tierarzt Kurt Henley, einer der wenigen Männer in der Stadt, die nicht um Gabys Hand angehalten hatten. »Zuckerkranke Sau kurz vor der Niederkunft.« Kurt zog sein Handy aus der Tasche und legte es auf den Tisch. »Für den Fall, dass sie anruft.«

Gaby sah sie alle einen Moment lang an. Das waren nicht nur sehr gute, sondern auch noch sehr gut *aussehende* Männer.

Tom steckte in verblichenen Jeans, einem langärmeligen Henley-Shirt (»mein Winterunterhemd«, wie er immer sagte), einem hellen grünen und gelben Flanellhemd. Gekrönt wurde das Ganze von einem blonden Dreitagebart.

Dann war da ihr Schwager Marty. In seinem Gesicht entdeckte Gaby immer winzige Spuren von Peter. Sie waren eindeutig Brüder. Peter war älter und dünner und kleiner gewesen, aber wiederum *nicht so viel* älter und dünner und kleiner. Und dann die Stimme. Dieses Neuengland-R – ein Laut, der immer wie *ah* klang.

Und schließlich Jacob. Ihr süßer, liebenswürdiger, leicht neurotischer Jacob. Er hatte seinen schwarzen Anzug an, ein zerknittertes weißes Hemd, dessen oberster Knopf offen war. Topaktuell, eigentlich ganz wie in Boston oder New York. Der Kragen seines Jacketts war lässig hochgeschlagen, sein Bart ordentlich getrimmt, bis auf dieses kleine Büschel unter der Unterlippe.

»Ich weiß es sehr zu schätzen, dass ihr alle euch

die Zeit nehmt vorbeizukommen. Dass ein Mann ein schwangeres Schwein verlässt, um bei der Planung meiner Hochzeit zu helfen, berührt mich wirklich«, sagte Gaby zu Kurt, während sie sich die Hand aufs Herz legte.

»Weißt du, Gaby«, sagte Kurt mit einem Grinsen, »ich habe ja überlegt, ob ich dir vielleicht …«

»Untersteh dich!«, unterbrach Gaby lachend.

»Gut, gut. Meine Frau hätte vermutlich was dagegen … Vielleicht auch nicht.«

»Also«, fuhr Gaby fort, »Weihnachten und Hochzeit, beides am selben Tag. Die vorhersehbaren Ideen habe ich schon alle durchdacht und verworfen. Das heißt, *keine* Hochzeitstorte in Form eines Weihnachtsbaums. Und ganz bestimmt *keine* Mr und Mrs Weihnachtsmann oben auf der Torte.«

Schweigen.

Tom, Marty und Jacob blickten starr geradeaus. Dann vor sich auf den alten Tisch. Dann sahen sie einander an. Sie richteten ihren Blick überallhin, nur nicht auf Gaby.

»Ideen?«, fragte Stacey Lee.

»Herrgott noch mal«, sagte Tom. »Das ist Wahnsinn, Gaby.«

»Dass ich heirate, ist Wahnsinn?«, fragte Gaby, den Kopf geneigt.

»Nein. Es ist *toll*, dass du heiratest«, warf Marty ein. Er stand auf, schob seinen Stuhl zurück und stieß ihn dabei um.

»Obwohl es nett wäre, wenn du uns verraten würdest, *wen* du heiratest«, sagte Jacob.

»Ja, das wäre eine gute Wendung«, ergänzte Marty. »Du überraschst alle mitten in der Geschichte.«

»Das ist aber nicht das, worüber wir reden«, sagte Jacob. »Warum solltest du uns drei hier dazu kriegen, dir bei der Planung einer Hochzeit zu helfen?«

Gaby erhob sich. »Warum? Die Antwort darauf kann ich dir geben. Weil ihr meine Freunde seid. Ihr alle – und Stacey Lee – seid meine Kumpels. Ich weiß, dass das etwas ungewöhnlich ist. Aber so ist es nun mal gekommen, und ich weiß nicht, wie es euch geht, aber ich finde es wundervoll. Genauso wie ich euch wundervoll finde, Leute!«

»Wir finden dich auch wundervoll, Gaby!«, sagten sie alle, ziemlich synchron. »Und Stacey Lee auch.«

»Sonst würden wir bei diesem Affentheater nicht mitmachen«, sagte Marty grinsend.

»Nicht eine Minute lang!«, ergänzte Jacob.

Das Gelächter hielt an, und Gaby ging zum Kühlschrank und holte zwei Flaschen Dom Pérignon heraus. Nachdem sie Plastikbecher mit dem Champagner gefüllt hatte, stießen sie alle miteinander an.

»Auf unsere wundervolle Braut«, rief Marty, »und das ist sie, weiß Gott: voller Wunder.«

»Und auf meine Freunde«, sagte Gaby, »die besten Freunde überhaupt.«

»Und auf deinen Bräutigam«, sagte Stacey Lee. »Wer zum Teufel das auch sein mag.«

18. Kapitel

Lizzie, Mike und Tallulah

Mit Kopfschmerzen hatte es bei Mike angefangen. »Ach, Mike, wahrscheinlich wieder mal eine Nebenhöhlenentzündung«, hatte Lizzie gesagt. Als eine Woche später die Kopfschmerzen nicht aufgehört hatten, sagte sie zu ihm, sein Geschäft, Housatonic Eisenwaren und Anglerbedarf, könnte auch mal zwei Stunden ohne ihn auskommen, während er zum Arzt ginge.

Natürlich schob Mike den Termin beim Arzt vor sich her. Er hörte auch auf zu klagen. Als er dann eines Abends in der Küche die Glühbirne der Deckenleuchte auswechselte, wurde ihm schwindlig, und er fiel von der Stehleiter.

Eine Woche später berichtete Mike: »Dr. Sassoon sagt, meine Ohren sind in Ordnung. Er sagt, mein Blutdruck ist eher niedrig, und vielleicht ist das der Grund für die Schwindelanfälle. Er will, dass ich nach Pittsfield fahre und ein MTR machen lasse.«

Lizzie berichtigte ihn. »MRT«, sagte sie. »Es ist kein MTR, Mike. Es heißt MRT.«

Mike sagte nichts mehr. Er lächelte sie an. Sie lächelte zurück. Das war, wie sie wusste (ohne zu wissen, woher), der Anfang seiner Gedächtnisstörung. Drei Tage später wurde bei Mike ein gutartiges Meningeom diagnostiziert.

Gutartig. An diesem Wort hielt sich Lizzie fest. Gutartig, dachte sie. »Gutartig« heißt gut. »Gutartig« heißt, dass Mike wieder gesund wird. Auch wenn der Neurologe gesagt hat: »Der Tumor kann wachsen. Er kann wachsen, und er kann das Gehirn erdrücken.«

Mit der Zeit erlernten Lizzie und Mike – und Gaby – die Sprache des Hirntumors. Primärtumor, Elektronenmikroskop, hyperfraktionierte Strahlentherapie, anaplastisches Astrozytom. Sie durchstöberten sämtliche Internetseiten dazu – schulmedizinische, homöopathische, spirituelle. Sie lasen die Geschichten anderer, vor allem die Berichte von Überlebenden wie dem »Wundermädchen« aus Austin, Texas, die ihre Ärzte dadurch verblüfft hatte, dass ihr Tumor auf wundersame Weise kleiner wurde. Gaby ging jeden einzelnen Schritt des Weges mit, mischte sich jedoch nie ein, äußerte nie eine Meinung, wenn man sie nicht dazu aufgefordert hatte.

Lizzie und Mike telefonierten mit Emilys Mann in New York, der Assistenzarzt in der Neurologie war. Bart gehörte zu der Generation, die immer auf der Wahrheit bestand. »Es könnte ein schlechtes Ergebnis sein«, sagte Bart. »Eine ausgemachte Sache ist es noch nicht, aber besonders gut ist die Nachricht auch nicht.«

Als sie aufgelegt hatten, sagte Mike: »Was weiß Bart denn schon? Er ist doch noch ein Kind – wie Emily. Und noch gar kein fertiger Arzt.« Lizzie tat, als stimmte sie ihm zu, wusste aber, dass Bart genauso ein Überflieger war wie ihre Schwester Emily. Und ein immenses Wissen besaß.

Ein paar Tage später fiel Lizzie auf, dass Mikes linke Gesichtshälfte begonnen hatte herabzuhängen – ein kleines bisschen nur, aber bemerkt hatte sie es trotzdem. Tallulah ebenfalls.

Zu Mikes und Lizzies Erleichterung und ohne dass es irgendjemanden erstaunt hätte, hatte sich Gaby um die achtjährige Tallulah gekümmert. Die Enkeltochter übernachtete bei ihrer Großmutter, zusammen machten sie mit Tom Wanderungen durch die Berkshires und besuchten Kurt auf seiner Farm. Samstagsmorgens lernten sie in einem Kurs bei Stacey Lee an der Kochschule in Springfield, wie man Bonbons herstellte. Und wenigstens jeden zweiten Tag kam Onkel Marty zu Besuch.

Gaby war es auch, der Tallulah die Frage zu stellen beschloss, von der alle wussten, dass das Kind sie irgendwann stellen würde: »Muss mein Daddy sterben?« Gaby schloss einen Moment lang die Augen und überlegte, was sie wohl gerne hören würde, wenn sie eine Achtjährige mit einem sehr kranken Vater wäre. Sie würde sich die Wahrheit wünschen. Also brachte sie ihr schonend die Wahrheit bei: »Ich glaube nicht, dass er sterben wird. Die Ärzte glauben es auch nicht. Aber noch wissen wir es nicht genau, Liebchen. Ich will dich nicht anlügen. Wir werden einfach abwarten, beten und das Beste hoffen. Ich bleibe hier bei dir.«

Gaby fiel es nie schwer, die Wahrheit zu sagen. Diesmal aber hasste sie jedes Wort, das aus ihrem Mund kam. Und später an diesem Abend, als sie zu viele von den Kirschen im Schokoladenmantel aßen, die sie morgens gemacht hatten, hielten Gaby und Tallulah sich umschlungen und weinten beide.

»Du bist ein sehr, sehr tapferes Mädchen, Tula«, sagte Gaby zu ihr.

»Ich weiß«, erwiderte Tallulah. »Das habe ich von dir.«

19. Kapitel

Zwei Tage nach der Diagnose wurde Mike im Massachusetts General Hospital in Boston operiert. Der Eingriff wurde von Dr. Raj Soorgan vorgenommen, »einer ganz großen Nummer« in der Neurochirurgie, für die Bart sich verbürgt hatte. Mike und Lizzie fanden es durchaus beruhigend, mit einer ganz großen Nummer zu tun zu haben, waren aber klug genug zu wissen, dass Patienten immer von ganz großen Nummern operiert wurden. Und was für einen Unterschied machte das, wenn es so viele ganz tote Patienten gab?

Neun Stunden verbrachte Mike an diesem Vor- und Nachmittag auf dem OP-Tisch.

Als Dr. Soorgan in den Familienwarteraum kam, um mit Lizzie und Gaby – und Emily, die sich zwei Tage freigenommen hatte, um hier bei ihrer Schwester zu sein – zu reden, sprach er vorsichtig, so als würden seine Worte aufgezeichnet, was auch der Fall war.

»Er hat es gut überstanden. Jetzt ist er auf der Intensivstation. Er reagiert gut. Und ich glaube, ich habe alles erwischt.«

Emily hatte ihren Minirekorder angestellt, um jedes Wort aufzunehmen, das die ganz große Nummer sagte. Gaby nickte immer wieder ernst, während sie kurz auf den neuesten Stand gebracht wurden. Lizzie dagegen … nun, Lizzie dachte an eine andere Situation. Ungefähr einen Monat zuvor, noch in einer anderen Welt ohne Schwindelanfälle und MRTs und epileptische Anfälle, hatte sie in der Küche gestanden und Toast gemacht. Dabei hatte sie ein kleines Glas Orangenmarmelade fallen lassen. Das Glas war auf dem Boden in Scherben gegangen.

»Bleib da stehen«, hatte Mike gerufen. »Du hast keine Schuhe an. Ich schon. Ich mach das.«

Es war eine energische Säuberungsaktion gewesen: Besen und Kehrschaufel und Wischlappen und zum Abschluss die Sprayflasche mit Haushaltsreiniger.

»Kann ich mich schon bewegen?«, hatte Lizzie gefragt.

Als sie jetzt hier im Krankenhaus stand, musste sie an Mikes Antwort denken.

»Aber klar«, sagte er. »Ich bin fertig. *Ich glaube, ich habe alles erwischt.*«

20. Kapitel

Mike kam nach Hause, und außer dass er vormittags und nachmittags lange schlief, war er wohlauf. Er ging zu Fuß durchs Viertel, etwas wacklig zwar, aber er ging. Er sprach mit Nachbarn, wobei er gelegentlich den einen oder anderen Namen vergaß, aber er sprach. Lizzie drückte die Daumen und hoffte das Beste.

Doch eines Morgens um fünf Uhr brach ihre ganze Welt zusammen.

Zuerst begriff Lizzie nicht so ganz, was passierte, sie wusste lediglich, dass es kein Traum war, nicht einmal ein Alptraum.

Die kurzen, scharfen, grunzenden Geräusche, die japsende Atmung, die bebende Matratze. Mike hatte einen epileptischen Anfall. Er lag auf dem Rücken, Speichel um den Mund. Seine nackten Beine schossen nach oben, dann nach außen. Einen Moment lang war er ruhig. Dann verdrehte sich sein rechter Arm fürchterlich und ruderte durch die Luft, und sein Handgelenk schlug heftig gegen den Nachttisch. Immer wenn seine Augen aufgingen, rollten sie ziellos in ihren Höhlen umher.

Lizzie tat, was die Krankenschwester im Massachusetts General ihr beigebracht hatte.

Sie drehte Mike auf die Seite, um seine Atmung zu unterstützen. Sie vergewisserte sich, dass er nichts im Mund hatte. Sie schob den Nachttisch und die Bettlampe aus seiner Reichweite.

Sie beobachtete jeden gequälten Atemzug, jede verkümmerte Bewegung. Sie hatte Angst; und was noch schlimmer war, sie wusste, dass der arme Mike auch Angst haben musste.

Dann hörte sie Schritte im Flur und Tallulah, die schrie: »Mommy? Was ist das für ein Krach?« Als Tallulah ins Schlafzimmer gerannt kam, war Mikes Anfall zu Ende. Er lag ruhig da, schweißgebadet, gerade so, als hätte man ihn aus einem Flugzeug auf sein Bett fallen lassen.

»Daddy!«, rief Tallulah, als sie ihren Vater sah.

»Daddy ist krank, mein Schatz«, sagte Lizzie. »Es ist aber nicht so schlimm.«

Mikes Stimme klang ganz rau, als er sagte: »Ich hab dir wohl den Schlaf kaputtgemacht, Tallu, was?« Er versuchte zu lächeln. »Aber du magst den See, stimmt's, Tallu? Ja, ich mag die Adirondack Mountains auch. Du musst dich aber abtrocknen. Es wird so kalt hier oben.«

»Mommy!«, rief Tallulah, »Daddy erzählt Geschichten!«

Dann entspannte sich Mike. Er hörte auf zu reden. Und in dem Moment beschloss Lizzie, dass sie jetzt ins Krankenhaus fahren würden. Und zwar schleunigst.

»Tallulah, ruf Gaby an, und sag ihr, sie soll sich mit uns in der Notaufnahme im Stockbridge Hospital treffen. Sag auf jeden Fall Stockbridge. Ich will nicht, dass sie ins falsche Krankenhaus fährt. Sag ihr, ich rufe sie vom Auto aus an«, sagte Lizzie.

»Mike, wir müssen jetzt rüber ins Krankenhaus. Verstehst du mich?«

»Ja«, sagte er sanft. »Natürlich.«

»Wir müssen dich ins Bad kriegen. Ich muss dich sauber machen. Verstehst du das?«

»Lizzie«, sagte er. »Ich habe einen Tumor im Gehirn, nicht im Ohr.«

Sie lächelte ihn an. Würde es je eine Zeit geben, in der er nicht zu Scherzen aufgelegt war? *Lieber Gott*, dachte sie, *hoffentlich nicht*.

21. Kapitel

»Vielleicht sollten wir den Hyundai gegen einen Krankenwagen eintauschen«, sagte Mike mit einem erzwungenen Grinsen.

Lizzie warf ihm einen flüchtigen Blick zu. Immer einen Scherz parat. Mike war in eine dicke Thermodecke gehüllt, sein Kopf auf einem Kissen gelagert, das sie sich von ihrem Bett geschnappt hatte. Das Kissen – blassblau mit einer Bordüre aus gelben Rosen – sah albern aus, genau wie Mike mit seiner dicken blauen Wollmütze auf dem Kopf.

»Sprich nicht. Sei still.«

»Okay«, sagte er. »Ich hab irgendwo gelesen, dass der Krebs oft verschwindet, wenn man einfach ganz still dasitzt.«

Lizzie lächelte und wandte den Blick wieder kurz von der dunklen, eisigen Straße weg ihm zu. Einen schwächlichen Eindruck machte Mike in dem Moment nicht. Die Decke ließ ihn massig erscheinen, und von dem Kortison, mit dem sie ihn vollgepumpt hatten, war sein Gesicht aufgedunsen.

Dann drehte Lizzie sich zur Rückbank um und lächelte Tallulah zu. »Halt durch, Liebes«, sagte sie.

Ihr Handy klingelte, und sie gab es Mike.

»Kannst du drangehen?«, fragte sie. »Das ist wahrscheinlich Gaby.«

Er wand seine Hand unter der Decke hervor und sagte in das Handy: »Rodgers Krebs-Taxi-Service. Unsere Spezialität sind Gehirntumore.«

Eine Pause, dann: »Gaby, wie geht's dir?« Wieder eine Pause. »Ach, wir machen gerade einen frühmorgendlichen Ausflug in unserem Hyundai. Frische Luft schnappen. Ja. Okay. Ja. Okay. Freu mich drauf. Bis gleich. Bye.«

Er gab Lizzie das Handy zurück.

»Deine Mom und Tom Hayden sind schon am Krankenhaus. Sie warten vor der Notaufnahme auf uns.«

»Tom ist bei Gaby«, sagte Lizzie und wollte sich gerade darüber auslassen, wie interessant sie es fand, dass die beiden zusammen waren, doch dazu gab es keine Gelegenheit mehr. Vom Beifahrersitz kam ein Schrei. Die wirren, gurgelnden, grauenvollen Geräusche eines weiteren Anfalls begannen sich Bahn zu brechen.

Vielleicht bildete Lizzie sich das ein, aber diesmal kam er ihr lauter und wilder und länger vor. Vielleicht ließ auch die Tatsache, dass Mike durch den Sicherheitsgurt eingeengt war, sein Strampeln heftiger erscheinen als zu Hause.

In der Ferne konnte sie das langgestreckte, niedrige rote Backsteingebäude sehen, in dem das Stockbridge

Hospital untergebracht war. Sie überlegte, ob sie an den Straßenrand fahren sollte, beschloss jedoch, dass die Notaufnahme jetzt der sicherste Ort für Mike war.

Auf dem fast leeren Parkplatz sah sie Gaby und Tom Hayden. Lizzie brachte das Auto quietschend zum Stehen, wobei es sich wie der Sekundenzeiger einer Uhr einmal um sich selbst drehte und dann stand.

Als Tom die Beifahrertür aufriss, rief Lizzie: »Er hat schon wieder einen Anfall.«

Kaum hatte sie die Worte ausgesprochen, schien der Anfall vorbei. Mikes Augenlider gingen zu, dann auf. Sein Gesicht war schweißnass. Er rieb sich das Handgelenk, das an der Stelle, wo er es so oft gegen die Armlehne geschlagen hatte, rot und geschwollen war.

Tom und Gaby gelang es, Mike aus dem Auto zu hieven. Stehen konnte er allein.

»Ich hole einen Rollstuhl«, sagte Lizzie. Tallulah klammerte sich an ihre Hand.

»Nein«, sagte Gaby. »Mike schafft es. Stimmt's, Mike?« Es war, als würde sie ihm ein kleines bisschen Würde zurückgeben. Und es funktionierte.

Während sie langsam über den Parkplatz gingen, wandte Mike sich seiner Frau zu.

»Jetzt guck bloß mal, wie schrecklich ich aussehe, Lizzie. Du musst unbedingt was an deinem Fahrstil ändern.«

22. Kapitel

Manchmal hatte Gaby den Eindruck, das Wartezimmer der Notaufnahme im Stockbridge Hospital besser zu kennen als ihr eigenes Haus.

Abgesehen davon, dass sie im Laufe des vergangenen Jahres ein halbes Dutzend Mal mit Mike und Lizzie hier gewesen war, hatte sie als Mutter von vier Kindern jedes Mal genau in diesem Raum gewartet – als Claires (nach einem Unfall am Sprungbrett) gebrochene Finger gerichtet und verbunden wurden, Seths rechter Oberschenkel (nach einem Sturz vom Heuboden mit einer perfekten Landung auf einer Heugabel) mit neunundzwanzig Stichen genäht werden musste, Lizzie drei subkutane Antihistaminspritzen bekam (sie war vier Jahre alt und hatte in einen Bienenstock geboxt) und bei Emily ein hartnäckig feststeckender Tampon entfernt wurde.

Schließlich hatte sie auch genau hier gewartet, während eine Herz-Lungen-Maschine versuchte, Peter nach seinem Herzinfarkt wiederzubeleben.

An diesen entsetzlichen Tag dachte sie, als sie die enge Kabine betrat, in die sie Mike geschickt hatten.

Der sanfte, tapfere Mann trug eins dieser albernen Krankenhaushemdchen. Bedauernswert, dachte Gaby. Krankenhäuser kapierten es einfach nicht. Sie machten das Kranksein deprimierender und unpersönlicher, als es sein musste.

»Tut mir leid, dass ich dir und Tom den Morgen verdorben habe«, sagte Mike. In seiner Stimme schwang eindeutig ein frotzelnder Unterton mit. Gaby biss jedoch nicht an.

»Red keinen Unsinn. Die ganze Bande war zum Frühstückmachen da. Tom und ich wurden am wenigsten gebraucht. Wie fühlst du dich?«, fragte sie.

»Ich könnte den Housatonic River von Norden nach Süden runterschwimmen«, sagte Mike.

Gaby schüttelte den Kopf. Sie konnte nur ahnen, wie groß Mikes Angst sein musste – vor dem Krebs und den Schmerzen und dem ganzen hässlichen Geschäft des Krankseins und vermutlich des Sterbens. Also tat Gaby, wofür sie berühmt war. Sie stellte ihm die einfachste, direkteste Frage, die ihr einfiel.

»Mike, hast du Angst?«

»Würdest du mir bitte meine Sachen geben?«

»Antworte mir, Mike. Hast du Angst? Das ist eine gute Frage.«

»Gaby, bitte gib mir meine Kleider von dem Stuhl da. Ich will mich einfach nur anziehen und nach Hause fahren.«

»Ich werde dich weiter fragen.«

»Wo sind Lizzie und Tom? Ist Tom derjenige, welcher, *Grandma*?«

»Beantworte mir erst meine Frage. Dann beantworte ich deine. Deine *erste* Frage.«

Mike zog sich das alberne Krankenhausflügelhemd um den Leib.

»In diesen Nachthemden sieht jeder bekloppt aus«, sagte er. »Selbst so ein Adonis wie ich.«

Gaby lachte nicht. Sie lächelte nicht einmal.

Dann sagte Mike schließlich: »Nein. Ich habe keine Angst. Überhaupt keine. Ich weiß, das ist verrückt. Ich sollte vor Angst zittern. Tue ich aber nicht. Diese Krankheit hat mich Lizzie nähergebracht, als ich es die ganzen letzten Jahre war. Sie hat mir gezeigt, dass Tallulah das wunderbarste Mädchen auf der Welt ist. In meinem eigenen Laden brauchen sie mich nicht, trotzdem wirft er ein kleines Einkommen für mich ab. Mittlerweile gefällt mir die Physiotherapie, die ich nach jeder Chemo absolvieren muss. Es ist verrückt, wie gesagt, aber Angst habe ich keine.«

Gaby schnappte sich Mikes Kleider von dem Stuhl. Eine andere Frau hätte ihm den Stapel gebracht. Nicht so Gaby. Sie nahm die Hose und die Socken, das Hemd und den Pullover und rollte alles zu einem Ball zusammen, den sie Mike zuwarf.

»Danke, dass du meine Frage beantwortet hast, Mike. Es war eine wundervolle Antwort. Du bist ein wundervoller Mann.«

»Es war die Wahrheit«, sagte er. »Ach, übrigens hast du gesagt, du würdest mir auf meine Frage antworten, wenn ich dir deine beantworte.«

»Klar, nur kann ich mich nicht mehr an deine Frage erinnern.«

»Sie lautete: ›*Wen wirst du heiraten?*‹«, sagte er mit unbewegter Miene.

Mit hoher, piepsiger, komischer Stimme sagte Gaby: »Das … glaube … ich … nicht.«

»Verflixt«, sagte Mike.

»Soll ich dir beim Anziehen helfen?«, fragte Gaby.

»Du willst mich ja nur nackt sehen«, entgegnete Mike.

»Genau, davon hab ich schon immer geträumt.«

»Sei's drum, ich hab Unterwäsche an.« Zum Beweis hob er sein Flügelhemd vorne hoch.

»Tja, wenn du nicht mal nackt bist, hab ich ganz bestimmt keine Lust, dir zu helfen«, sagte Gaby. »Wo bleibt da der Spaß?«

In ihr Gelächter hinein betraten Tom und Lizzie die Kabine.

»Was treibt ihr beiden denn hier?«, fragte Tom.

Doch sie hörten nicht auf zu lachen.

Lizzie ging zu ihrem Mann hinüber und küsste ihn auf seinen vollkommen kahlen Kopf.

»Du siehst viel besser aus, Mike«, sagte Lizzie.

Er küsste sie auf die Wange. »Danke, Liebling.«

Nur für eine Sekunde trafen sich ihre Blicke, und nur für eine Sekunde lächelten sie beide. Und nur für eine Sekunde kam ein Gefühl der Hoffnung auf.

23. Kapitel

Claire und Hank

Wo zum Teufel ist Hank? Claires Herz pochte, und sie kam sich total dämlich vor. Sie wusste nicht, wo er war, nur, wo er *hätte sein sollen.* Mit ihr zusammen im Büro des Schulleiters.

»Kommt Hank auch, Claire?«

»Er wird jede Minute hier sein. Er weiß, dass er hier sein soll. Tut mir leid, Paul.«

Hank hatte nicht angerufen. Vermutlich hatte er vergessen, dass sie einen Termin mit Paul Lussen, dem Schulleiter der Oceanside Prep, hatten, um über die »speziellen« Probleme der Schule mit ihrem Sohn Gus zu sprechen.

Wo zum Teufel ist er? Claires Herzklopfen wurde noch stärker, und jetzt bekam sie auch noch Kopfschmerzen.

Claire hatte Hank morgens noch daran erinnert. Zwei Mal. Beim zweiten Mal hatte er sie angeschnauzt: »Ich bin doch kein Volltrottel, Claire. Auch wenn manche Leute das glauben.«

»In einer halben Stunde habe ich den nächsten Termin. Du weißt, wie vollgestopft mein Kalender kurz vor den Weihnachtsferien ist«, sagte Paul.

Sie wusste es. Schließlich war sie die Nachhilfelehrerin von vier Schülern an der Oceanside. Sie kannte alle Lehrer und Lehrerinnen hier, und alle kannten sie. Und Gus.

»Normalerweise würde ich sagen, wir machen einen neuen Termin aus; es gibt aber ein paar spezielle Fragen in Bezug auf Gus' Zukunft, die keinen Aufschub dulden«, sagte Paul.

Da war wieder dieses Wort. *Speziell.*

Wo zum Teufel ist Hank? Das ist das Allerletzte.

»Also«, sagte sie, »ich glaube, wir können anfangen. Ich kann Hank ja später berichten.«

Paul war ein großer Anhänger von Claire und ihrem Nachhilfeunterricht. Es ging sogar noch tiefer. Er war auch ein guter Freund, so gut, dass er sogar Gus' Patenonkel war.

Heute jedoch war Paul ganz dienstlich. Und es machte Claire traurig, dass sie einem ziemlich strengen Schulleiter gegenübersaß und nicht dem charmanten, lustigen Freund, der Gus als kleines Kind in den Schlaf gewiegt hatte.

Paul schlug eine Akte auf. Gus' Akte.

»Man weiß kaum, wo man anfangen soll«, sagte er. Dann senkte er den Blick auf die Papiere. »Das nehme ich zurück. Genau genommen ist Gus' Akte so … katastrophal … dass ich eigentlich an jeder Stelle anfangen könnte. Wie zum Beispiel hier.«

Er las laut vor: »14. September. Gus Donoghue und Alex Frahm werden auf dem Sportplatz der Schule beim Urinieren in den Trinkwasserbrunnen gesehen … 19. September. Gus Donoghue wird ins Schulleiterbüro geschickt und erhält einen Verweis dafür, dass er in der Freistunde ein Heineken – ein Heineken-Bier! Keine Cola! Kein Mineralwasser! Ein Heineken! – getrunken hat …«

Heineken ist das Lieblingsbier seines Vaters, dachte Claire betroffen.

Paul las weiter: »4. Oktober. Gus Donoghue und Alex Frahm werden auf der Toilette beim Marihuanarauchen erwischt.«

Claire musste daran denken, dass Gus sie immer, wenn sie das Wort »Marihuana« benutzte, verbesserte. »Seit zwanzig Jahren sagt keiner mehr Marihuana, Mom. Heute nennt man das ›Gras‹.« Claire beschloss, Paul nicht auf den neuesten Stand zu bringen.

»Und die Noten, Claire. Du kennst Gus' erbärmliche Noten – Mathe Vier. Englisch Drei minus. Französisch Fünf. Biologie Vier. Musik Fünf. Musik! Claire, du weißt, wie dieser Unterricht hier läuft. Du brauchst nichts weiter zu tun, als zu erscheinen und dir ein bisschen Musik anzuhören, dann kriegst du schon eine Zwei!«

Sie nickte.

Wo zum Teufel ist Hank?

»Ich weiß, ich weiß. Deshalb haben wir Gus ja von der staatlichen Schule runtergenommen. Deshalb habe ich hier angefangen, unentgeltlich zu arbeiten. Damit wir für Gus kein Schulgeld bezahlen mussten. Eine so tolle Schule wie diese könnten wir uns nicht leisten …«

Paul unterbrach sie.

»Das Problem ist, dass ein oder zwei von diesen Verfehlungen noch als Streich durchgehen könnten. Bei Gus sind es aber ein Dutzend oder mehr Sachen. Gus macht jeden Tag irgendetwas Spezielles. Bekifft sich. Betrinkt sich. Beschimpft einen Lehrer.«

»Ich versuche schon alles, Paul«, sagte Claire. »Ich helfe ihm abends bei den Schulaufgaben. Ich verbiete ihm, sich mit bestimmten Freunden zu treffen, wie zum Beispiel Alex Frahm. Ich …«

Paul stand hinter seinem Schreibtisch auf.

»Ich glaube, da hast du gerade das Problem benannt, Claire. Du verwendest immer das Pronomen ›ich‹.«

Claire wusste, worauf er hinauswollte, hörte aber nur wortlos zu. Was konnte sie sonst tun?

»Claire, wo ist Hank bei all dem? Wo ist er jetzt? Diese Besprechung ist wichtig für Gus. Für eure ganze Familie. Hank gehört doch immer noch zur Familie, oder?«

Claire kannte Paul gut genug, um vor ihm weinen zu können, doch sie wollte nicht. Sie weigerte sich standhaft, Schwäche zu zeigen.

»Hör zu. Der einzige Grund, warum Gus noch nicht von der Schule verwiesen wurde, ist, dass du hier arbeitest und, nun ja, dass ich dein Freund bin und weiß, wie sehr du dir wünschst, dass Gus es schafft. *Aber so kann es nicht weitergehen.* Zwei Lehrer werden ihn im nächsten Semester nicht zu ihrem Unterricht zulassen, und ich kann es ihnen nicht verübeln. Was noch schlimmer ist – sie sind *vernarrt* in Gus. Dann schau dir seine Noten an. Damit kommt er nicht in die zehnte Klasse. Weißt du, Claire, wenn du …«

Claire unterbrach ihn. »Ich weiß, Paul. ›Wenn du anderen Kindern Nachhilfe geben kannst und das gut machst, warum kannst du deinem eigenen Sohn nicht helfen?‹«

Paul nickte. »Wenn es sich nach Weihnachten nicht bessert, kann ich Gus unmöglich erlauben, noch länger hierzubleiben. Das bricht auch mir das Herz.«

24. Kapitel

Claire atmete immer wieder tief durch, während sie in der leeren Kapelle der Oceanside Prep School saß und auf ihrem iPod eine Bachkantate hörte. Das war ein alter Trick von Gaby. Normalerweise beruhigte Bach ihre Nerven, heute jedoch ließ Johann Sebastian sie im Stich. Mit Daumen und Zeigefinger einer Hand formte sie ein *L* und hielt es sich an die Stirn: *Loserin.* Das war sie.

Kaum war der Bach vorbei, kam etwas Ungewohntes durch ihre Kopfhörer. Dann fiel es ihr wieder ein. Ein paar Tage zuvor hatte Gus abends mit der Bemerkung, er sei entschlossen, sie ins einundzwanzigste Jahrhundert zu katapultieren, ihren iPod entwendet.

Sie lachte. Plötzlich lauschte sie Daft Punk mit *Something About Us.*

But there's something about us I want to say
Cause there's something between us anyway.

Die Musik, der Text, der Rhythmus, die verrückte Kombination von Claire Donoghue und Daft Punk in der Schulkapelle ließ sie den Kopf schütteln. Leider gelang es Daft Punk ebenso wenig wie Bach, sie zu beruhigen, aber immerhin verhalfen sie ihr zu unbeschwerteren Gedanken über ihren Sohn. Obwohl er es ihr wahrhaftig nicht leicht machte, liebte sie Gus abgöttisch. Herrje, alle liebten Gus, sogar die Lehrer, die ihn durchfallen ließen.

Sie erinnerte sich, wie sie als Kind ein Foto von Müttern im Besucherraum eines Staatsgefängnisses gesehen hatte. Darauf hatte sie Gaby gefragt, warum all diese Moms ihre Söhne besuchten, wo die doch Kriminelle waren. Gaby wusste die Antwort: »Claire, Schätzchen, die Liebe übertrumpft alles.«

Claire ließ die alte Taschenuhr aufschnappen, die an einer goldenen Kette um ihren Hals hing. Innen befand sich auf der rechten Seite ein antikes Ziffernblatt und auf der linken ein winziges Foto von Gaby im Alter von sechzehn. Sehr hübsch. Mit Haltung.

»Jetzt hast du mich immer bei dir«, hatte Gaby gesagt, als sie ihr die Uhr gegeben hatte. »Sogar, wenn du mich eigentlich gar nicht dabeihaben willst.«

Zeit für den Unterricht. Ihre Schüler – Curtis, Andy, Reggie, Timbo (richtiger Name Timothy) – warteten sicher schon auf sie. Wenn sie nicht pünktlich käme, würden sie »Unterricht fällt aus!« rufen und sich aus dem Staub machen.

Sie ließ die Uhr zuschnappen, und nachdem sie die Lautstärke am iPod aufgedreht hatte, tanzten Claire und Daft Punk schlurfend zu ihrem Nachhilfeunterrichtsraum hinunter.

Ich bin keine Loserin. Hab mich nur wie eine verhalten.

25. Kapitel

Offiziell hieß Claires Englisch-Nachhilfeunterricht »Ergänzendes schulisches Förderprogramm«. Heute beschloss einer ihrer Schüler, Curtis, sie darüber aufzuklären, dass das ein Irrtum war.

»Wissen Sie, wie sie diesen Unterricht nennen? Das schulische Deppen-Programm.«

»Das ist heftig. Wer nennt ihn so?«, fragte Claire.

»Alle«, sagte Timbo. »Sogar wir manchmal.«

»Und wie sehr stört euch das?«, fragte Claire.

»Das geht mir am Arsch vorbei«, sagte Andy.

»Mir auch, Mrs D.«, sagte Reggie.

»Dann war's das. Fall erledigt.« Sie wusste, dass eine andere Lehrerin sich vielleicht über die Wendung »am Arsch vorbeigehen« geärgert hätte, aber nicht sie, und erst recht nicht heute.

»Hört zu. Es ist einiges zu tun, und dafür haben wir eine Stunde Zeit«, sagte sie. »Mr McCormack lässt morgen einen Test schreiben. *Der alte Mann und das Meer.*«

»Danke für das Weihnachtsgeschenk, Mr Mack«, murrte Curtis.

»So ist es nun mal«, sagte Claire. »Wie auch immer,

fangen wir mit dem Nächstliegenden an. Hat jemand das Buch gelesen?«

»Ich hab's versucht, Mann, aber da gab's nur Fische, Fische, Fische, Wasser, Wasser, überall. Der Marlin war langweilig. Der alte Typ noch mehr als langweilig. Der Junge war ein Arschloch. Ich hab's geschmissen«, sagte Reggie.

»Auf welcher Seite hast du aufgegeben?«

Eine Pause. Aller Augen richteten sich auf Reggie.

»Zehn?«, sagte er. Die anderen prusteten los. Sogar Claire. Diese Jungs waren wenigstens ehrlich.

»Tja, ich glaube, statt euch im Fernsehen *Jersey Shore* reinzuziehen, habt ihr heute Abend einiges zu lesen. Jetzt nehmt mal jeder ein Blatt Papier raus.«

Ein kurzes Murren, aber die Blätter kamen zum Vorschein. Sie konnte sich ein Lächeln nicht verkneifen. Die Jungs waren schwierig und manchmal respektlos, aber an den meisten Tagen war sie gerne mit ihnen zusammen.

»Erste Frage. Aus welchem Land kommt Santiago?«, fragte Claire.

»Ms Donoghue ...«

»Jetzt wird nicht mehr geredet, Timothy. Wir haben zu arbeiten«, sagte Claire.

Ohne ihre Anweisung zu beachten, meldete Timothy sich erneut zu Wort.

»Da ist ein Mann an dem kleinen Fenster in der Tür. Er sieht aus, als wollte er *unbedingt* mit Ihnen reden. Ist das Ihr Mann?«

26. Kapitel

»Ich weiß, ich bin zu früh für unseren Halb-fünf-Termin«, sagte Hank, als Claire aus dem Klassenzimmer kam. »Wo soll ich denn warten? Vor Pauls Büro?«

Die folgenden Worte spie sie aus:

»Unser Treffen mit Paul war um *halb drei*!«

»Du hast mir halb fünf gesagt, Claire. Heute Morgen noch.«

»Es steht schon die ganze Woche im Kalender. Ich weiß, dass ich dir ein Dutzend Mal gesagt habe, es ist *vor* meinem Nachhilfeunterricht. Und ich *weiß*, dass ich genau das heute Morgen gesagt habe.«

Claire wusste, wie hinterhältig Hank sein konnte. Sie wusste, dass das hier ein Trick war. Und sie sprach ihn darauf an.

»Du weißt, dass es halb drei war. Aber du hast es vergessen. Also hast du gedacht, wenn du hier aufkreuzt und so tust, als ob … Herrgott … Ich kann dir nicht glauben.«

»So war es gar nicht«, sagte er. »Ich schwöre bei Gott, Claire.«

»Ich glaube dir nicht«, sagte sie schließlich. »Du lügst mir ins Gesicht.«

»Dann leck mich doch! Wie findest du das?«, sagte Hank. Genau in dem Moment kam Mrs Rupp, eine Geschichtslehrerin, vorbei. Mrs Rupp nickte und beschleunigte ihren Schritt ein wenig.

»Na, das war ja wieder Spitze! Jetzt hast du einen neuen Fan. Guck dich doch bloß mal an. Dreckige Jeans und ein verschwitztes, stinkendes Hemd. Es würde mich wundern, wenn du nicht bekifft wärst. Bist du bekifft?«

»Du weißt, dass ich unten in der Gärtnerei beim Verkauf von Christbäumen und Kränzen geholfen habe. Das ist ein Job, Claire.«

»Und für eine Besprechung in der Schule konntest du kein frisches Hemd anziehen? Nein, ich sage immer noch, ich glaube dir nicht.«

»Ach ja? Und ich sage immer noch, leck mich.«

Claire ging ins Klassenzimmer zurück und schloss die Tür hinter sich. Sekunden später schlug Hank dagegen. Die Schüler wirkten beunruhigt, so dass Claire die Tür rasch wieder aufriss.

»Bist du wahnsinnig?«, flüsterte sie. »Wenn du dich hier wie ein Verrückter aufführst, warten sie mit Gus' Rauswurf nicht bis nach Weihnachten.«

»Sie werfen ihn raus?«

»Das hat Paul mir gesagt. Schade, dass du nicht da warst, um es auch zu hören.«

»Hat Paul gesagt, was wir tun sollten?«

Sie trat einen Schritt zurück. Kopfschüttelnd stand sie in der Tür.

»Ja. Hat er. Paul hat gesagt, wir sollten versuchen, einen Vater für Gus zu finden.«

Gabys viertes Video – Jacobs Motto

Hey. Geht's euch allen gut da draußen? Ich muss euch eine Geschichte erzählen – über einen der Menschen, die ihr am liebsten mögt. Jacob.

Letzte Woche haben er und ich zusammen zu Abend gegessen, und er hat mich daran erinnert, dass ich noch nie eine Predigt von ihm gehört hatte. Ich sagte, dass er mich nie in seine Synagoge eingeladen hat. Und ehe ich mich versah, war es Samstagmorgen, und ich saß in der fünften Reihe.

Da habe ich einen Jacob gesehen, den ich noch nie zuvor gesehen hatte. Was für ein unglaublicher Mensch er ist – sogar noch besser, als ich immer dachte.

Der Kantor hörte auf zu singen. Die Gemeinde setzte sich. Jacob trat vor den Altar und drehte sich zu uns um.

Er trug ein langes schwarzes Gewand, fast wie der altmodische Talar eines Collegeprofessors, eine Jarmulke und einen Tallit. Vielleicht bin ich frevlerisch, aber ich muss gestehen, dass Jacob toll aussah – mit seinem pechschwarzen Haar, seinem ungepflegten Zweitagebart und – okay, komme ich zu der Predigt.

Jacob hat alle mit seiner Eröffnungssequenz und seiner ungemein subtilen Art zu predigen gepackt:

»Falls ihr das noch nicht wusstet, will ich der Erste sein, der es euch sagt:

Niemand in diesem Tempel wird ewig leben, niemand auf dieser Erde wird ewig leben.«

Ein paar Gemeindemitglieder lachten. Die meisten von uns sahen ein wenig überrascht aus.

Im Weiteren sprach er darüber, dass jeder von uns ein Leben hat, das gelebt werden muss. Dass es unerheblich ist, ob man Direktor einer großen Firma ist oder der Mann, der in einem Delikatessenladen den Aufschnitt schneidet. Jacob sagte, er sei erstaunt darüber, wie Eltern sich in das Problem des richtigen Colleges hineinsteigerten, obwohl es Gott ziemlich egal sei, ob man seine Tochter nach Harvard oder auf die Kosmetikschule in Springfield schicke.

Überrascht hat mich, dass Jacob so leidenschaftlich war. Seine Stimme wurde tiefer und sein Sprechrhythmus schneller. Ich konnte spüren, wie meine Hände schwitzten. Das war gut.

Gegen Ende sprach er davon, dass wir das Leben, das uns gegeben sei, nutzen sollten. Jacob sagte nicht: »Nutzt den Tag«, er sagte: »Nutzt, was euch gegeben ist. Trefft kluge Entscheidungen. Trefft Entscheidungen, denn« – er sagte es noch einmal – »das Leben ist eine vorübergehende Angelegenheit.«

Er schloss mit einem Gebet, das normalerweise an Jom Kippur gesprochen wird. Ich hatte es noch nie gehört. Es war schön, und hinterher gab er mir den Text.

Nach dem Gottesdienst wirkte Jacob erschöpft. Sein Gesicht glänzte vor Schweiß. Er sagte, er müsse abschalten, und fragte, ob ich mitkommen würde.

Er nahm mich mit hinaus zu seiner Garage. Die Tür ging auf, und da stand ein toller alter Mustang. Marineblau, ein 65er Cabriolet, das Verdeck bereits zurückgeklappt.

Kurz darauf rasten Jacob und ich die Under Mountain Road entlang. Er fuhr hundertzehn, hundertzwanzig Stundenkilometer. Und er war sehr angespannt, sehr konzentriert. Er sah aus wie ein französischer Filmstar, wie Jean-Paul Belmondo oder Romain Duris. Er beschleunigte. Ich warf einen Blick auf den Tacho, der jetzt hundertvierzig anzeigte. Mir wurde klar, dass Jacob genauso fuhr, wie er gepredigt hatte. Er fing klein und beiläufig an, dann wurde er schneller, und am Ende flog er … hundertvierzig … hundertfünfzig … hundertsechzig.

Wegen der leidenschaftlichen Predigt, dem schönen Auto und der rasanten Fahrt über eine Landstraße wurde mir klar, dass ein Mann, den ich ungeheuer gern hatte, sich in einen Mann verwandelt hatte, den ich … ich … also, ich glaube, ich habe genug erzählt, um bei euch allen die Fantasie in Gang zu setzen.

Bevor ich diese Aufnahme anhalte, möchte ich euch noch ein paar Zeilen aus dem Gedicht vorlesen, das Jacob mir gegeben hat.

An Jom Kippur wird es besiegelt.
Wie viele hinübergehen und wie viele geboren werden,
Wer leben wird und wer sterben,
Wer zu seiner Zeit und wer vor seiner Zeit.

Hört zu, ich muss los. Denkt alle an das, was Jacob gesagt hat: Wir werden nicht ewig leben. Also, Kinder, bitte tut euch selbst einen Gefallen: *Nutzt das Leben!*

Ich werde es tun. Und Jacob vermutlich auch.

Gabys fünftes Video – Martys Besuch

Wir sind gerade dabei, unser Frühstück für die Obdachlosen vorzubereiten – mein Gott, sind wir nette Leute, was? –, als euer Onkel Marty von den Pfirsichen aufblickt, die er für das Müsli schneidet, und sagt: »Was ist los, Gaby?«

Und ich sage: »Woher weißt du, dass was los ist?«

Darauf er: »Ich kenne dich, Gaby. Vielleicht besser als irgendjemand sonst. Ich kann Kummer in deinen Augen sehen. Für mich ganz offensichtlich.«

Also habe ich ihm erzählt, dass meine elfte Klasse mir gerade gehörig auf die Nerven geht. Ich habe Marty erzählt, dass sie es alle hervorragend draufhaben, Supernoten für ihre Buchvorstellungen zu bekommen, die Bücher im Grunde aber gar nicht kennen. Wisst ihr vielleicht, wie man *Wer die Nachtigall stört* lesen und vollständig verstehen kann, ohne das Buch auch nur im Geringsten zu *erspüren*?

Und zu meinem Erstaunen sagte Marty: »Wie wär's, wenn ich vorbeikäme und den Kids was erzählte?« Ich war begeistert.

Am selben Morgen um zehn Uhr, als sie alle – sich Ohrstöpsel aus den Ohren ziehend und ihre Coladosen versteckend – hereinmarschieren, sehen sie mich also hinten im Klassenzimmer stehen, während Marty an meinem Pult vor der Klasse Platz genommen hat.

Ich fordere sie auf, sich zu setzen. Ich sage ihnen, Marty sei ein guter Freund und werde die Klasse jetzt unterrichten. Und natürlich hebt Tara Walsh die Hand und fragt: »Gibt es über den Vortrag von Ihrem Freund einen Test?«

»Ja«, sagte Marty. »Deshalb passen Sie lieber auf. Der Test macht neunzig Prozent Ihrer Endnote aus.«

»Achtundneunzig«, witzele ich von hinten.

Dann stürzte er sich mitten hinein. Kein Smalltalk. Kein »Guten Morgen, alle zusammen«. Nur dieser Mann, der in verblichenen Jeans und einem Denimhemd, das teurer war als ein iPod, da steht und mit fester, sicherer Stimme spricht.

Er zeigt auf einen Jungen, der sich in einer der hinteren Reihen lümmelt, und fragt: »Was ist Ihr Lieblingsbuch, junger Mann?«

Zunächst keine Antwort. Marty starrt ihn nur an, und schließlich sagt der Junge: »Ich glaube, es ist wohl eher was für kleinere Kinder, aber um ehrlich zu sein, das einzige Buch, das mir je wirklich gefallen hat, war *Gregs Tagebuch*.«

Marty sagt: »Klar hat es Ihnen gefallen. Es ist ein tolles Buch, irre lustig. Meine Lieblingsstelle ist, glaube ich, die, wo Fregley einen Brief unter Gregs Tür durchschiebt. Ich erinnere mich sogar an den Wortlaut: ›Lieber Gregory, es tut mir sehr leid, dass ich mit einem Popel am Finger hinter dir hergerannt bin. Hier, ich tue ihn auf dieses Papier, damit du es mir heimzahlen kannst.‹«

Ein Schüler, der aussieht, als würde er eine SMS schreiben.

»Was ist Ihr Lieblingsbuch?« Der Junge merkt nicht einmal, dass er angesprochen wird. Er tippt einfach weiter.

Eine andere Schülerin, Mia Wendel, ruft: »Das letzte Buch, das Joey gelesen hat, war *Gute Nacht, Mond*.«

»Noch so ein sehr gutes Buch«, sagt Marty, »eins meiner Favoriten.«

Dann sagt Marty so etwas wie: »Hören Sie zu. Ob Sie es glauben oder nicht, in fünfundzwanzig Jahren werden Sie alle vierzig Jahre alt sein. Und wissen Sie, wann in fünfundzwanzig Jahren ist? Morgen! So schnell geht das nämlich. Und eins sage ich Ihnen: Wenn Sie nicht lesen – mit Ihrem Herzen wie mit Ihrem Gehirn –, werden Sie dann ein dummer Erwachsener sein. Schlimmer noch, Ihnen wird eine der besten Erfahrungen fehlen, die Sie nur machen können.

Sie werden nirgendwo interessantere Menschen finden als in Büchern. Ich habe eine Menge Leute kennengelernt, ich habe eine Menge Bücher gelesen, und das ist die reine Wahrheit.«

Mir wird bewusst, dass ich wie gebannt dasitze und genauso aufmerksam zuhöre wie die Jugendlichen.

»Es spielt überhaupt keine Rolle, wie Sie lesen – ob Kindle, iPad oder Papierbuch. Wenn Sie Lust dazu haben, lesen Sie einen Comicroman. Lesen Sie eine Biografie von jemand Schrecklichem – Hitler oder Lee Harvey Oswald. Wie ich sehe, wissen nicht alle von Ihnen, wer Lee Harvey Oswald ist. Er hat John F. Kennedy erschossen.«

Dann sagt Marty: »Gut. Nächste Frage: Was ist das absolut grässlichste Buch, das Sie je gelesen haben?«

Plötzlich entbrennt eine heiße Diskussion. Was war schlimmer, *Moby Dick* oder *Stolz und Vorurteil*? Das hier liegt näher als Gore versus Bush. Also sagt Marty: »Vielleicht können wir uns so einigen. Stimmen die meisten von Ihnen zu, dass beide Bücher ätzend waren?«

Alle außer den Schleimern stimmen zu. Und Marty sagt: »Wenn Sie heute Abend zu Hause sind, schauen Sie noch einmal hinein. Schlagen Sie sie an einer beliebigen Stelle auf. Fangen Sie an zu lesen. Sie kennen die Geschichten ja schon.

Sagen wir, Sie stoßen auf einen ausgesprochen langweiligen Teil von *Moby Dick*, zum Beispiel den, wo Melville über Seiten hinweg beschreibt, wie sie das

Walöl gewinnen. Lesen Sie ihn langsam. Auch wenn's mühsam ist. Dann klappen Sie das Buch zu, und denken Sie über das nach, was Sie gerade gelesen haben. Über das, was die Walfänger gemacht haben. Wie sie gearbeitet haben, wie das Blut sie bespritzte, bis ihnen die Augen wehtaten. Wie sie ausrutschten und von dem Wal hinunterglitten.

Sie sehen, mit das Beste am Lesen ist, dass Sie, auch wenn Sie gerade *nicht* lesen, immer etwas zum Nachdenken haben.

Okay, dann versuchen Sie dasselbe mit Jane Austen. Aber tun Sie mir einen Gefallen: Betrachten Sie *Stolz und Vorurteil* als etwas, das witzig sein sollte. *Stolz und Vorurteil* ist verdammt witzig.«

Jemand brüllt: »Klar, Mann. *Stolz und Vorurteil* ist genau wie *Family Guy*. Hoffe, ich bringe die beiden nicht durcheinander.«

Darauf Marty: »He, hören Sie mal zu. Vielleicht haben Sie recht. Vielleicht werden Sie immer noch finden, dass das Buch langweilig ist. Sie müssen gar nicht alles mögen. Ich bin auch so. Ich würde mir eher eine Wurzelbehandlung machen lassen, als *Eine Geschichte aus zwei Städten* zu lesen, aber wenn Sie mir ein anderes Buch von Dickens geben, zum Beispiel *Oliver Twist*, lese ich die ganze Nacht durch.«

Jetzt finde ich, ich sollte Marty in jeden Unterricht an der Schule – von Chemie über Technik bis Computerwissenschaft – gehen und diesen Vortrag halten lassen. Außerdem finde ich, dass ich Dinge über Bücher und Lesen erfahren habe, die ich noch nie bedacht hatte, und dann finde ich noch, dass … dass … mein Schwager so ungefähr der intelligenteste Mensch ist, den ich kenne.

Als es klingelt, gibt es einen richtig großen, richtig ehrlichen Applaus. Schüler kommen nach vorne, schütteln ihm kräftig die Hand und klopfen ihm auf den Rücken. Tara Walsh fragt noch einmal, ob es einen Test geben wird. Ich *glaube*, Tara macht Witze.

Nach diesem Unterricht hatte ich Pause. Also hab ich Marty zur Cafeteria mitgenommen und ihm einen fürchterlichen Kaffee geholt. Dann sind wir rausgegangen und haben einen Spaziergang um den Basketballplatz gemacht. Ich habe mich für sein Kommen bedankt, worauf er meinte, das sei nicht der Rede wert und ein großes Vergnügen gewesen. Noch zwei Mal haben wir den Basketballplatz umrundet. Dabei hat Marty mir den Arm um die Schultern gelegt.

Ich habe zu ihm gesagt, wir sähen vermutlich aus wie ein Liebespaar in den mittleren Jahren.

Er hat mich angeschaut und gesagt: »Vielleicht sind wir das und wissen es nur noch nicht.«

Ich spreche später wieder mit euch, Leute. Wir sehen uns Weihnachten – *bald.*

Wenn alles enthüllt wird.

27. Kapitel

Gaby, Stacey Lee, Tom, Marty und Jacob

Jacob hielt sich ein kleines Stück knuspriges Vollkorn-Ciabatta drei Zentimeter vor den Mund. Das Ciabatta war mit einer Scheibe Gänseleberpastete belegt. Darauf lag eine papierdünne Schicht Schokolade, und den Abschluss bildete ein winziger Klecks Weingelee – ein Sauternes.

»Man könnte meinen, du wärst ein Kind, das seinen Lebertran nehmen soll«, sagte Tom, der eines seiner alten Flyers-Sweatshirts trug und immer noch wie ein erstklassiger Sportler aussah.

Jacob steckte sich den Bissen in den Mund und schauderte. Unvermittelt verwandelte seine furchtsame Miene sich in einen Ausdruck nahezu traumversunkener Ekstase. Er schloss die Augen und kaute langsam. Schließlich sagte er:

»Jetzt weiß ich, was die Engel zu Abend essen.«

»Falsche Religion, Jacob«, sagte Marty. »Aber vermutlich zutreffend.«

Es war das Probier- und Testessen für den Hochzeitsempfang. Schwierige Aufgabe. Sie mussten sich zwischen verschiedenen Weinen entscheiden: rot, weiß, Champagner. Stacey Lee hatte zwölf Vorspeisen vorbereitet, von denen sie vier auswählen sollten. Zusammen mit Gaby hatte sie acht Hauptgerichte gekocht. Drei davon waren mit Geflügel: Perlhuhn mit Oliven und Kapern, Hähnchenbrust mit Ziegenkäse, Coq au Vin mit Riesling (»Ein altes Lutèce-Rezept, von dem man nie genug kriegen kann«, sagte Stacey Lee). Weitere drei Gerichte enthielten Fisch oder Meeresfrüchte: Hummerstücke zwischen Lagen aus Blätterteig, wilder Seebarsch mit geschmortem Fenchel, Cajun-Garnelen und Flusskrebse mit »flüchtigen Tupfen von rotem und schwarzem Kaviar«. Schließlich gab es noch zwei vegetarische Gerichte: eine Platte mit Minipatissons, gelben Minizucchini, Mondböhnchen und Minischalotten (»Ich dachte immer, Schalotten wären Minizwiebeln«, sagte Marty) und hausgemachte Spinat-Fettuccine mit einer Steinpilzsoße.

»Das sind die besten zwanzig Gerichte, die ich je auf einmal gegessen habe«, sagte Tom. »Wie damals bei unseren Trainingsessen in Philadelphia.«

Die Männer konnten nicht genug von dem Essen bekommen. Als es darum ging, wer den letzten Bissen Seebarsch haben sollte, wurden Marty und Tom sogar einmal etwas lauter. (Und teilten sich ihn dann.)

»Wenn die Hochzeit halb so gut wird wie das Probeessen, dann habt ihr einen Trumpf in der Hand«, sagte Marty. »Du und *wer auch immer.* Was auch immer, welcher auch immer.«

Das einzige Problem bestand darin, dass sie sich nicht darüber einigen konnten, was nicht zum endgültigen Menu gehören sollte.

Als sie sich dann anschickten, die reinen Schokoladendesserts mit einer Kombination aus Obstkuchen und Rosmarinsorbet zu vergleichen, sagte Tom: »Ich biete dir unentgeltlich meine Dienste als offizieller Vorkoster deines Geschäfts an.«

»Ich glaube, mein Steuerberater würde das nicht erlauben«, sagte Stacy Lee. Die Freunde waren eindeutig in einer rosigen, glücklichen Stimmung.

Nur Gaby war still. Immer wenn Stacey Lee sie fragte, welches Gericht sie bevorzuge, lächelte sie und sagte: »Ach, entscheidet ihr. Ich bin zu nervös. Es schmeckt alles gut.«

Als sie zu ihren Autos gingen, nahm Gaby Marty beiseite. »Hast du noch eine Minute? Ich muss dich etwas fragen.«

28. Kapitel

Marty und Gaby gingen die vereiste Auffahrt zum Haus zurück. Dabei versuchte Marty, ihren Arm zu nehmen, doch sie zog ihn weg.

Ich hab es satt, Leute zu berühren und von Leuten berührt zu werden, dachte Gaby. Das ganze Küssen und sich Umarmen und Drücken und Händchenhalten. *Vielleicht bin ich dazu geboren, am Ende allein zu bleiben. Vielleicht sollte ich die Hochzeit hier und jetzt absagen.*

Sie und Marty gingen in die Küche. Er war klug genug, nicht in ihre Gedanken einzudringen, sondern einfach nur da zu sein. Stacey Lee war dabei, die Teller abzukratzen, Weingläser auszuspülen und alles in stabile Plastiktransportkisten zu räumen.

»Wir helfen dir«, meldete sich Gaby.

»Nicht nötig. Ich muss die hier nur noch in die Kisten packen. Einer der Auszubildenden vom Geschäft holt sie dann morgen zum Spülen ab.«

Gaby lächelte. »Totale Effizienz. Super!« Also verschwanden sie und Marty in Richtung Wohnzimmer.

»Okay, was ist los?«, fragte er.

»Nichts«, sagte Gaby. Dann fuhr sie fort: »Ach, alles. Marty, ich muss dich was fragen, und du musst ehrlich sein.«

»Schieß los. Mit dir bin ich immer ehrlich.«

»Gut. Also. Du hast Peter besser gekannt als irgendjemand sonst. Ihr wart praktisch Zwillinge. Deshalb muss ich dir diese Frage stellen. *Tue ich das Richtige*?«

Marty dachte darüber nach, bevor er irgendetwas sagte. »Das kann ich nicht beantworten. Nur *du* kannst das.«

»Na gut.«

Marty merkte, dass seine Antwort sie enttäuscht hatte. Das war nicht seine Absicht gewesen.

»Nein, Gaby, eine Antwort werde ich dir nicht geben. Aber ich werde dir meine Meinung sagen. Und die lautet: Nein, nein und nochmals nein – Peter würde es ganz bestimmt nichts ausmachen. Er wäre glücklich. Peter wäre glücklich, weil es *dich* glücklich machen wird zu heiraten. Und er hat nichts auf der Welt lieber getan, als dich glücklich zu machen.«

Augenblicklich füllten Gabys Augen sich mit Tränen.

»Danke, Marty.«

»Denk dran, das war keine Antwort. Es war eine Meinung.«

Mit einem Mal verspürte sie das Bedürfnis, ihn zu umarmen. »Stört es dich sehr … die Art, wie ich's mache? Als Damenwahl?«

Marty blickte ihr in die Augen. »Nein. Mich stört es überhaupt nicht. Weißt du, warum? Weil auch ich dich gerne glücklich mache.«

29. Kapitel

Emily und Bart

Im Jahr zuvor hatte die Anwaltskanzlei Dale, Hardy für ihre Weihnachtsfeier das ganze New Yorker Nobelrestaurant Eleven Madison Park reserviert. Zwei Martini-Bars waren eingerichtet, zwölf Kisten Opus One ausgeschenkt und Nigiri Sushi, Carpaccio vom Biorind und Blini mit Kaviar serviert worden.

Die Feier hatte 400 000 Dollar gekostet.

Da in diesem Jahr das Geld knapper war, setzte man als Lösung auf weniger Luxus. Kein Restaurant. Die Weihnachtsfeier würde in den Büroräumen von Dale, Hardy stattfinden. Allerdings würde es immer noch zwei Martini-Bars geben, und sie würden immer noch zwölf Kisten Opus One ausschenken und Nigiri Sushi, Carpaccio vom Biorind und Blini mit Kaviar servieren.

Die Kosten würden sich auf lediglich 250 000 Dollar belaufen.

»Mir gefällt es hier im Betrieb besser«, sagte Jason McIntyre, ein aufstrebender junger Anwalt, der mit Emily zusammen an der Columbia Law Examen gemacht hatte. »Mehr Geld für Boni. An Weihnachten glaubt ja sowieso keiner.«

»Ich finde, woanders ist es feierlicher«, sagte Emily. »Und ich glaube sehr wohl an Weihnachten.«

»Klar, Em, das hätte ich nicht anders erwartet«, sagte Jason. »Aber wo du nun schon im Büro bist, kannst du dich davonstehlen und noch ein bisschen Arbeit erledigen.«

Emily wusste, dass ihre Abneigung gegen Jasons üblichen Zynismus ihr anzusehen war. Sie entschuldigte sich und holte sich eine Weißweinschorle, die sie vermutlich nicht trinken würde. Was für eine Szene. Was für eine banale, dämliche Szene. Emily kam sich vor wie im falschen Film.

Jeanne Gallery, vielversprechende Stanford-Law-Absolventin und Juniorpartnerin, tauschte innige Küsse mit Ben Abbots, einem vielversprechenden Yale-Law-Absolventen, der am Thanksgiving-Wochenende gerade erst seine Freundin geheiratet hatte. Bei dem Anblick drehte sich Emily der Magen um.

Der gut aussehende, verheiratete Leiter des Bereichs Erben und Vererben, Danny Josephson, hatte die Hand fest auf den Po des gut aussehenden, ebenfalls verheirateten Übersetzers für spanische Dokumente, Raymond Ramirez, gelegt.

Old Man Hardy saß unter seinem eigenen Porträt auf einem großen Mahagonistuhl, eigentlich einem Thron, wo er wie ein alternder Rockstar von zahllosen Bürokriechern umschwirrt wurde. Keith Richards sah besser aus als Hardy dieser Tage, dabei war der Rolling-Stones-Gitarrist sogar noch zwei Jahre älter.

»Have yourselves a merry little Christmas«, murmelte Emily im Weitergehen.

Dann hörte sie den vertrauten Bariton ihres Chefs, Cliff Church. »Ziemlich zusammengewürfelter Haufen, was, Em?«

»Weihnachten im Stil von Manhattan. Bringt irgendwie das Kleinstadtmädchen in mir zum Vorschein«, sagte Emily. Über dem plärrenden Gangsta-Rap, schwarzer Musik, die überhaupt nicht dazu angetan war, dieses Fest in eine coole Party zu verwandeln, war ihre Stimme kaum hörbar.

»Komm mit rüber in mein Büro«, sagte Cliff. »Ich habe etwas, das dir den Urlaub versüßen wird. Versprochen.«

Nur ein Wort fiel Emily ein: »Partnerin.« Vielleicht war diese Weihnachtsfeier ja doch nicht so übel.

30. Kapitel

»Ich hätte das schon früher machen sollen, aber du bist ja heute von einem Meeting ins nächste gegangen«, sagte Cliff. »Ein typischer Emily-Summerhill-Nachmittag.«

Er griff in die Schublade des Schranks hinter seinem Schreibtisch, auf dem auch die Fotos seiner hübschen Frau und seiner ebenfalls hinreißenden blonden Jungs standen. Ihr entnahm er einen weißen Geschäftsumschlag und überreichte ihn Emily. »Fröhliche Weihnachten, Em.«

»Danke«, sagte sie. »Dir auch frohe Weihnachten.«

»Komm, mach ihn auf«, sagte Cliff, ein nervöses Lächeln auf den Lippen.

Das tat sie und zog einen auf sie ausgestellten Scheck über 150 000 Dollar heraus. Das war ein ganz schöner Batzen Geld. Das Zauberwort war es allerdings nicht. Sie war verwirrt, zu ihrem Erstaunen jedoch nicht wütend. Sie war verletzt. Traurig. Still.

»Das ist ein großzügiger Bonus, Em, das kannst du mir glauben. In dieser Höhe sind auf deiner Ebene dieses Jahr nicht viele ausgezahlt worden.«

Eigentlich hätte sie gerne gesagt: »Aber ich dachte, ich würde zur Partnerin gemacht?« Stattdessen schwieg sie. Eine Heulsuse war sie nie gewesen.

Cliff hielt die Stille nicht aus. Er beschloss, sie mit seiner dröhnenden Stimme zu füllen.

»Das war nicht das beste Jahr in der Geschichte von Dale, Hardy«, sagte er. »Die wirtschaftliche Situation ist nach wie vor prekär. Leute werden entlassen. Jeder, der hier arbeitet, hat Angst. Sogar der Cliffster.«

Dennoch schwieg Emily.

Cliff redete weiter: »Mein unfehlbarer Scharfblick sagt mir, dass du enttäuscht bist, weil man dich nicht zur Partnerin gemacht hat. Ich weiß, du findest, dass du es verdient hast, und dem stimme ich zu. Absolut. Du reißt dir deinen perfekten Arsch auf. Vielleicht … vielleicht etwas zu viel unentgeltliche Arbeit …« Er hielt inne, ließ ein verlogen klingendes Kichern vernehmen. »Aber du bist eindeutig ein aufsteigender Stern. Du bist eine großartige Anwältin. Wie gesagt, du arbeitest hart.«

Sie wusste, dass Cliff sie dazu bewegen wollte zu reden, aber sie war, ehrlich gesagt, einfach zu traurig, um draufloszuplappern. Irgendwas über den Abend, die Feier, die *Weihnachtsfeier*. Vielleicht sogar die Tatsache, dass Gaby Gott weiß wen heiraten würde.

»Du weißt, die Firma macht einfach keine Zusagen. Ich bin sicher, wenn der alte Hardy die nächste Gruppe von Partnern ernennt, steht dein Name ganz oben.«

Dann redete sie. Leise. Höflich. »Es ist eine Enttäuschung. Aber der Bonus ist sehr großzügig.«

»Ja, das ist er. Ich freue mich, dass du das auch so siehst«, sagte Cliff, als er die Schublade schloss und um den Schreibtisch herum auf Emilys Seite ging. Er legte ihr den Arm um die Schulter und fügte hinzu: »Mein eigener Bonus war auch nicht viel höher.«

Oh, dachte sie. Dann haben wir also beide einen beschissenen Bonus bekommen, und ich bin nicht Partnerin geworden. Und jetzt gleitet deine Hand meinen Rücken runter, verharrt kurz an meinem BH-Träger und landet jeden Moment auf meinem Hintern.

»Das ist beruhigend«, sagte sie. Emily war sich nicht sicher, dass Cliff den Sarkasmus in ihrer Stimme wahrnahm.

Seine Hand lag nun fest auf dem, was er gerade ihren »perfekten Arsch« genannt hatte, und er trat auf sie zu und drückte sich fest an sie. Das war also Weihnachten. Das war Dale, Hardy. Das war ihr Leben.

Wäre es ein Film gewesen, hätte sie ihm eine Ohrfeige verpasst. Stattdessen machte sie, Verwirrung im Herzen, einen Schritt zur Seite und war von ihrem Chef befreit.

»Cliff, ich bin froh über die Möglichkeit, ein bisschen Zeit mit dir allein zu haben«, sagte sie. Und

Emily sah, dass seine Augen beim Gedanken an weihnachtlichen Sex funkelten.

»Ich auch«, sagte er.

Sie blickte ihm direkt in die Augen.

»Es gibt etwas, das ich dir sagen muss.«

31. Kapitel

Auf dem Heimweg spielte Emily den Moment wieder und wieder in Gedanken durch. »Ich verlasse Dale, Hardy mit sofortiger Wirkung«, hatte sie gesagt, und Cliff hatte ihr ins Gesicht gelacht.

»Du glaubst mir nicht? Es ist wahr. Ich höre auf, mit sofortiger Wirkung«, hatte sie gesagt, und schließlich hatte Cliff für den Bruchteil einer Sekunde verwirrt ausgesehen, völlig aus dem Konzept.

»Und zum Beweis verlasse ich jetzt dieses Büro und diese entsetzliche Feier.«

Eine halbe Stunde später trat Emily durch die Tür ihrer leeren Wohnung. Sie zog ihr Partykleid aus und goss sich eine Cola ein. Und dann tat sie, was jedes Summerhill-Kind in einer Krise tat: Sie rief Gaby an.

Sie erzählte ihr von dem Gespräch mit Cliff, und die gute Gaby sagte *genau das,* was Emily brauchte.

»Das ist die beste Nachricht der ganzen Woche.«

»Tatsächlich?«

»Ganz bestimmt. Pass mal auf, Emily. Partnerin in einer bedeutenden Anwaltskanzlei zu sein ist toll, nehme ich an … *für jemand anderes* – nicht für dich, und sicher nicht für mich. Lass dir eines gesagt sein:

Ich bin am stolzesten, wenn du mir erzählst, dass du einen armen Kerl, der zu Unrecht verurteilt war, aus dem Gefängnis bekommen hast«, sagte Gaby. »Und das sage ich nicht, weil ich ein Trottel, sondern weil ich ein Mensch bin, weil ich *ich* bin.«

Was hatte Gabys Stimme an sich, was ihre Kinder so wunderbar ruhig werden ließ? Das war die Frage, die sie sich alle vier immer stellten.

»Ich bin dir für alles dankbar, was du gesagt hast, Mom. Ganz, ganz ehrlich. Du bist die Beste.«

»Ich sage nur, was ich denke.«

Vielleicht war das die Quelle von Gabys Güte. Ihre Mutter besaß eine schlichte Wahrhaftigkeit und Anständigkeit, die allem, was sie sagte, Kraft und Weisheit verlieh.

»Und wie findet Bart das alles?«, fragte Gaby schließlich.

Eine lange Pause.

»Er weiß es noch nicht.«

»Wow. Du *hast* aber auch Courage.«

»Hätte ich es doch besser vorher mit ihm besprechen sollen?«

»Was ändert das jetzt noch? Der Zug ist abgefahren. Wo ist Dr. Perfekt überhaupt?«

»Er arbeitet heute Abend auch. Bereitschaftsdienst. Er dachte, ich käme erst spät von der Feier, und ...«

»Dann trink jetzt erst mal eine große Tasse Tee oder ein großes Glas von deiner geliebten stinknormalen Cola, schau dir einen schönen Spielfilm an, und schlaf dich ordentlich aus. Dann könnt ihr morgen schön früh zu meiner Hochzeit hier raufkommen.«

»Apropos, Bart und ich wissen noch nicht genau, wann wir kommen, aber Heiligabend sind wir ganz bestimmt da.«

»Warum so spät? Du brauchst doch jetzt nicht mehr zur Arbeit zu gehen«, sagte Gaby, worauf sie beide lachen mussten und Gaby hinzufügte: »Eins möchte ich allerdings noch sagen.«

»Lass mich raten: Es geht darum, was ich zu deiner Hochzeit anziehe.«

»Du kannst ja Gedanken lesen. Es ist das Einzige, worum ich dich bitte, Emily: Zieh etwas Festliches an. Nicht irgend so ein trostlos graues oder dunkelblaues Prada-Teil. Wir sind hier nicht in Manhattan, weißt du.«

»Ich hatte an ein Dirndl aus gelb gemustertem Baumwollstoff gedacht.«

»Perfekt. Gute Nacht, Liebes.«

»Halt, warte. Da ist noch was. Was hast du doch gleich gesagt, wen du heiratest?«, fragte Emily.

»Ach, Emily. Im Kreuzverhör bist du so schlecht. Gut, dass du in dieser Anwaltskanzlei aufgehört hast. Mach's gut. Wir sehen uns in meinen Träumen.«

»Immer, Mom. Und danke. Ich bin sicher, dass ich dich heute Nacht in meinen Träumen auch sehe.«

32. Kapitel

Ruh aus, Emily, ruh aus.

Als sie in der Küche stand und gerade dabei war, zwei perfekt gehäufte Teelöffel koffeinfreien Assam-Tee abzumessen, hörte Emily vom Wohnzimmer her eine Stimme.

»Kleine Vorwarnung, falls da wer in der Küche ist.« Das war schroff. Das war laut. Das war Bart.

Sie drehte sich zur Küchentür um, und da stand er. Das Gesicht rot von der Kälte. Sie wusste, dass er unter seinem Skiparka immer noch seinen babyblauen Arztkittel trug.

Er hielt eine Champagnerflasche in der einen und einen Strauß langstielige weiße Rosen in der anderen Hand. Da war ihr Kerl. Genau im richtigen Moment.

Nachdem er den Champagner neben dem Blumenstrauß auf die Theke gestellt hatte, ging er rasch zu ihr. Er küsste sie lange und heftig. Und da ein Kuss offenbar nicht annähernd genug war, wiederholte er das Ganze. Erst danach richtete er sich auf.

»Und?«, fragte er, die Hände auf ihren Schultern.

»Ich hab einen hübschen Bonus bekommen.«

»Prima. Glückwunsch. Und …?«

»Und was?«, fragte sie mit gespielter Unschuld.

»Bist du jetzt Partnerin bei Protz, Fady?« Der Name war Barts Running Gag in Bezug auf die prätentiöse Kanzlei.

Langsam und bestimmt, jedes Wort betonend, sagte Emily: »Bin … ich … nicht.«

Ein anderer Ehemann hätte vielleicht seine Arme von ihren Schultern fallen lassen und einen Schritt zurück gemacht. Doch Bart war, wie Gaby scherzte, Dr. Perfekt. Deshalb zog er sie noch näher an sich.

»Das ist ja echt ätzend, Em. Das tut mir leid. Es tut mir so leid. Du hast so hart gearbeitet. Du bist so begabt.«

»Würdest du mir glauben, wenn ich sagen würde … dass es mir egal ist?«

»Wenn die Worte aus deinem Mund kommen, weiß ich, dass es die Wahrheit ist.«

»Möchtest du einen Tee?«, fragte sie.

»Ich trinke bei dir mit«, sagte er.

Die beiden gingen ins Wohnzimmer. Sie setzte sich auf die Couch, während Bart sich darauf ausstreckte. Den Kopf legte er in ihren Schoß und drehte ihn so zur Seite, dass er genussvoll die weiche Haut ihres Oberschenkels an seiner Wange spürte. Er streichelte ihr hübsches nacktes Bein. »Pfirsichflaum. Ich liebe Pfirsichflaum«, sagte er.

»Du weißt ja, im Büro fand heute die Feier statt, oben im fünfunddreißigsten – da, wo von dem riesigen Flur diese ganzen schicken Konferenzräume abgehen. Da haben sie diesen Typ, DJ Nini, in einer Mordslautstärke Musik auflegen lassen, und ich bin sicher, dass sich viele Leute blendend amüsiert haben. Unterschwellig ging es aber auch um interne Rangeleien und um Sex und um … Ach, Bart. Ich wollte einfach nicht dort sein. Und das liegt daran, dass … dass … *ich nicht dahingehört habe. Ich war nicht wie sie. Sie waren nicht wie ich.* Ich hab ganz genauso *ausgesehen* wie sie. Aber innen war ich anders …«

Sie blies in den Dampf aus ihrem Becher.

»Gib acht mit dem Tee«, sagte Bart. »Wenn du ihn auf mein Gesicht schüttest … dann … dann …« Er suchte nach den passenden Worten.

Emily fand sie: »Dann wirst du dein jungenhaft gutes Aussehen verlieren.«

»Ja. Stimmt. Na, egal. Was ist dann passiert?«

»Cliff hat mich gebeten, mit ihm in sein Büro zu kommen, und …« Sie hielt inne, suchte nach den passenden Worten.

Bart fand sie: »Sich an dich rangemacht, natürlich.«

»Woher weißt du das?«

»Zufallstreffer. Was sonst hätte den Abend perfekt abrunden können?«

»Er hat mir also einen Bonusscheck überreicht. Hat rumgedruckst und so getan, als bedaure er, dass man mich nicht zur Partnerin gemacht hat, und dann …« Wieder hielt sie inne. Und zum letzten Mal an diesem Abend fand Bart die passenden Worte:

»Dann hast du gekündigt.«

Darauf küsste er sie wieder. Gaby hatte recht. Dr. Perfekt.

»Fahren wir Weihnachten nach Stockbridge?«, fragte sie.

»Auf jeden Fall. Gaby heiratet. Welcher halbwegs normale Mensch würde sich das entgehen lassen?«

33. Kapitel

Andie und Seth

»Ich schwöre bei Gott, dass dieser kleine Schrotthaufen mehr Kilometer auf dem Buckel hat als die Apollo 11«, sagte Andie, als sie mit ihrem alten Chevy Cav »von Boston nach Stockbridge« – genau die umgekehrte Richtung wie in dem alten Song *Sweet Baby James* – über den Massachusetts Turnpike fuhren.

Wegen seiner Tendenz zu plötzlichem Ruckeln oder unerwarteten Fehlzündungen hieß das Auto bei Andie Popcorn. Seth nannte es Dieses-verdammte-Stück-Scheiße.

Dem Auto fehlten ein richtiger Inspektionsaufkleber, ein Abgasaufkleber und ein Radio (Jahre zuvor gestohlen, als Popcorn in einer zwielichtigen Gegend von Baltimore »Pause machte«). Da das Radio und der Kassettenrecorder weg waren, hatte Seth seinen iPod an zwei kleine Lautsprecher angeschlossen und diese an dem Originalarmaturenbrett aus Kunststoff festgeklebt.

Er und Andie sangen zusammen mit Mýa und Pras zu *Ghetto Supastar*:

I'ma teach this cat
How to live in the ghetto

Als sie auf der Höhe von Framingham waren, begann es heftig zu schneien. Da blieb ihnen nichts anderes übrig, als ein warmes Guinness zu köpfen und weiterzusingen.

Sie gestatteten Mýa auch ein kleines Solo. Seth reichte Andie das Guinness. Ganz offensichtlich brauchte er beide Hände am Steuer. Er beugte sich vor und blinzelte angestrengt in den dicht fallenden Schnee.

»Ich hasse Dieses-verdammte-Stück-Scheiße-Auto«, rief er über die Musik hinweg. »Wenn ich das Buch verkauft hätte, hätte ich uns als Allererstes einen luxuriösen gebrauchten Honda besorgt.«

»Nur die Ruhe, mein Schatz«, sagte Andie. »Wie deine Mutter sagt, sind wir doch noch Kinder. Wir haben noch Zeit, Berühmtheiten zu werden.«

»Ich will gar keine Berühmtheit sein«, erwiderte Seth. »Ich will nur ein Buch verkaufen. Ich will, dass ein paar Leute es abends mit ins Bett nehmen. Ich will, dass ein paar Damen in North Dakota in ihrem Buchclub darüber diskutieren. Ich will bloß …«

Genau in diesem Moment stellte sich unmittelbar vor Popcorn ein Lastwagen von der Größe eines Hauses quer.

Seth drehte das Lenkrad von dem Monsterlastwagen weg und sah sich plötzlich Gegenverkehr und Dutzenden von Scheinwerfern gegenüber. Das Schleudern erschien ihm endlos und sehr schnell. Er tat alles, was ein Fahrer *nicht* tun sollte, trat auf die Bremse, lenkte in die entgegengesetzte Richtung.

Andie war starr vor Angst. Und natürlich konnte sie nichts anderes denken als: *Wir werden genau so sterben wie meine Eltern. Ganz genau so.*

Dann passierte es. Plötzlich. Unverhofft. Wie durch ein Wunder.

Andie und Seth und Dieses-verdammte-Stück-Scheiße standen wohlbehalten auf dem verschneiten Randstreifen.

Zitternd streckten sie die Hände nach einander aus. Sie waren in Sicherheit. Lange hielten die beiden sich in den Armen.

Popcorn dagegen schien dieses erschreckende Erlebnis nicht geschadet zu haben. Wie um den guten Zustand des Autos anzuzeigen, begannen die Lautsprecher plötzlich einen Song von den Black Eyed Peas zu plärren.

»Wow. Ein tödlicher Unfall hätte auf der Hochzeit deiner Mutter sicher die gute Stimmung verdorben«, sagte Andie leise.

»Das will ich doch hoffen«, sagte Seth. »*Fast* tödlich. Kein Problem.« Darauf lachten sie beide, nervös zwar, aber sie lachten.

Ganz vorsichtig manövrierte Seth das Auto zurück auf die Straße.

»He, ich hab eine Idee«, sagte Andie.

»Nämlich?«, sagte er.

»Lass uns den iPod ausschalten und Weihnachtslieder singen, zum Beispiel *Jingle Bells* oder *I Saw Mommy Kissing Santa Claus*.«

»Gute Idee«, sagte Seth. »Ich wünschte nur, ich wüsste, welchen Santa Claus meine Mommy küssen wird.«

Und so sangen Seth und Andie Weihnachtslieder.

Und dann taten sie etwas, was noch unerwarteter, aber durchaus im Geist des Festes war.

Jetzt hatten sie selbst eine tolle Überraschung.

34. Kapitel

Claire und Hank

Zwei Nächte zuvor hatte Claire das Schwerste, Schrecklichste getan, das sie je hatte tun müssen: Sie hatte Hank gesagt, er solle gehen. Dabei hatte sie gezittert, aber sie hatte es gesagt. Und Hank war gegangen. Er hatte die Tränen in Claires Augen gesehen, aber auch die Wut und Entschlossenheit und vielleicht sogar den Schmerz, den er verursacht hatte.

»Die kriegt sich schon wieder ein, Dad. Tut sie doch immer«, sagte Gus, als er Hank half, einen Seesack und einen Sechserpack Heineken ins Auto zu laden.

»Ja«, sagte Hank. »Ich werde sie so bezirzen, dass ich noch vor Weihnachten wieder hier bin. Du hältst die Stellung. Solange ich weg bin, bist du der Mann im Haus.«

»Alles klar, Dad. Ich bin der Mann im Haus.«

Dann machte Hank einen dummen Fehler: Er ging zurück ins Haus und versuchte, Claire zu küssen. Sie drehte sich weg und verließ rasch die Küche.

Dennoch hörte sie ihn brüllen: »Denk dran, du bist die Schlampe, die mich hier rausgeschmissen hat. Du bist die Schlampe, die unserer Familie das Weihnachtsfest versaut hat.«

Den Zwillingen, Toby und Gabrielle, machte Hanks Weggang Angst. Gus schien er eher zu amüsieren. Und Claire hatte noch niemandem – nicht einmal Gaby – davon erzählt.

In dieser Nacht, als sie allein und aufgewühlt im Bett lag, fragte sie sich, ob sie tatsächlich die Schlampe war, die Weihnachten versaut hatte. Hätte sie nicht bis nach Neujahr warten können? Oder Hank noch eine Chance geben? Hätte sie so was wie eine Eheberatung aufsuchen sollen? Und wohin würde Hank gehen? Darüber wollte sie eigentlich gar nicht nachdenken.

Allerdings brauchte sie sich darüber auch nicht lange Gedanken zu machen. Am nächsten Abend, als sie und die Kinder friedlich Makkaroniauflauf aßen, spazierte Hank herein.

»Guck mal, da ist ja Daddy«, schrie Toby, und er und Gabrielle stürzten auf ihren Vater zu, um ihn zu umarmen.

»Mann, du hast ja keine Zeit vergeudet«, sagte Gus, und Hank zerzauste dem Jungen die Haare.

Trotz ihres Zorns musste Claire zugeben, dass Hank zur Abwechslung gut aussah. Gut im Sinne von »attraktiv«, gut im Sinne von »sexy«.

Sein blondes Haar war gewaschen und perfekt gekämmt. Er hatte sich rasiert und roch nach dem Eau de Cologne, das er am liebsten mochte, sie allerdings nicht unbedingt. Weißes Hemd, blauer Blazer, khakifarbene lange Hose. Das schmucke Landei, wie sie ihn immer genannt hatte, und genau so sah er jetzt aus.

»Kann ich mir einen Stuhl ranziehen?«, fragte er.

Ohne auf Claires Antwort zu warten, setzte er sich einfach auf seinen angestammten Platz und schöpfte sich eine Portion Makkaroniauflauf aus der Schüssel – mit der Hand. Aber nur so viel, dass es nicht *zu* unappetitlich war. Eben die Art von Gag, die bei den Kindern immer ankam.

Hank war ausgesprochen charmant, aber Claire hatte nicht die Absicht, wie so viele Male zuvor darauf hereinzufallen. Sie kannte die Nummer in- und auswendig. Hank machte sich zurecht, verwandelte sich in den vollendeten Gentleman, sah so jung aus, als wäre er einer der Surfer drüben am Grand Strand Beach.

»Hol dir einen *Teller*, Dad«, sagte Gabrielle und lachte über Hanks Schlampigkeit.

Dann endlich äußerte sich Claire: »Du wirst gehen müssen, Hank.«

»Ach, komm schon, Claire. Es ist Weihnachten«, sagte er.

Dann gelang es Hank, die ganze Portion Makkaroniauflauf mit der Hand in seinen Mund zu befördern.

»Nein, Hank. Jetzt.«

Er schluckte den gewaltigen Bissen hinunter, bevor er wieder sprach. Die Pause war wirkungsvoll und für sie unerträglich.

»Ich hab's kapiert, Claire. Es ist bei mir angekommen. Ich war ein totaler Idiot, aber von jetzt an wird alles anders. Okay? Ich hab's verstanden.«

Sie wusste, dass dieses Gespräch eigentlich nicht vor den Kindern stattfinden sollte, aber sie wusste auch, dass sie jetzt keinen Rückzieher machen durfte.

»Nein, es ist nicht okay«, sagte sie.

»Gib dem Mann doch eine Chance, Mom«, sagte Gus.

»Genau, Claire. Gib diesem Mann eine verdammte Chance«, sagte Hank.

»Verschwinde, Hank. *Und zwar jetzt.* Du bist hier nicht mehr willkommen.«

Hank stand auf und wischte sich die Hand an Tobys Serviette ab. Einen Moment lang dachte Claire, er würde womöglich mit der Faust oder einer Gabel oder einem Messer auf sie losgehen. Stattdessen ging er zur Tür.

»Gute Nacht, Leute«, sagte er. »Frohe Weihnachten alle miteinander.«

Alle drei Kinder sagten mit leiser, nervöser Stimme »Frohe Weihnachten«. Und alles, was Claire denken konnte, war: *Hoffentlich bin ich schlau genug, mir selbst zu Weihnachten ein großes Geschenk zu machen. Hoffentlich habe ich die Kraft, ihn nicht wieder reinzulassen.* Doch als sie in die düsteren Gesichter von Toby und

Gabrielle blickte, als sie sah, wie sie die Tränen zurückhielten und ihre Lippen bebten, war Claire sich nicht sicher, dass sie den Mut aufbringen würde, das hier bis zum Ende durchzustehen.

Aber sie musste – *sie musste den Mut aufbringen.*

35. Kapitel

»Sag deinem Bruder, dass ich ihn spätestens in zehn Sekunden hier unten sehen will«, sagte Claire zu Toby.

Es war acht Uhr an einem feuchten Morgen in Carolina, dem Tag nach Hanks Besuch beim Abendessen. Claire, Toby und Gabrielle waren dabei, den Pick-up für die lange Fahrt nach Massachusetts zu beladen. Claire würde hinterm Steuer sitzen, Gus auf dem Beifahrersitz, und die Zwillinge fänden auf den Klappsitzen Platz.

»Sag deinem Bruder, wir sind abfahrbereit«, wiederholte Claire.

Toby brüllte aus Leibeskräften: »Gussss! Mom sagt, du sollst runterkommen! Wir sind fertig zur Abfahrt!«

»Ich meinte, geh rauf und sag ihm, er soll runterkommen«, tadelte Claire. »Auf jetzt. Dalli. Ich warte auf euch beide.«

Dann tat sie, was jede Mutter tun würde – sie nahm ihr Handy und rief Gus an.

»Gus, ich hab dir gesagt, dass ich ein ganzes Stück weit in New Jersey sein will, ehe es dunkel wird, und das schaffen wir nur, wenn wir jetzt sofort losfahren.«

Es entstand eine Pause. Sie klappte das Handy zu, murmelte: »Verdammte Scheiße!«, und rannte an Toby vorbei ins Haus.

»Wir fahren«, rief sie vor Gus' Zimmer. »Jetzt sofort, junger Mann. Toby – steig schon mal ein!«

»Fahrt ohne mich«, hörte sie Gus sagen.

»Komm jetzt da raus!«

»Ich fahre nicht mit«, rief er zurück. »Ich bleib bei Dad.«

»Ich schwöre … ich breche diese Tür auf.«

»Mach doch.«

Claire holte tief Luft, rieb sich das Gesicht und ging die Treppe hinunter nach draußen. Toby und Gabrielle sahen gebannt zu, wie sie die hintere Klappe des Pick-ups, wo sich das Reserverad befand, öffnete. Mit aufgerissenen Augen verfolgten sie, wie sie wieder ins Haus ging.

Sie hatte ein Reifenmontiereisen bei sich.

An Gus' Schlafzimmertür sagte sie: »Letzte Warnung.«

Gus antwortete: »Hau ab.«

Jetzt reichte es. Sie holte mit dem Montiereisen aus und schlug ihn gegen die Tür.

Das Holz fing an zu splittern. Wieder und wieder schlug Claire mit dem Montiereisen zu. Inzwischen klaffte in der Tür ein Loch, das größer war als ihr Kopf. Durch dieses Loch sah sie einen sehr verängstigt dreinblickenden Gus.

»Bist du jetzt fertig?«, fragte sie.

»Ja«, sagte er leise.

»Wir sitzen im Pick-up.«

Sie ging die Treppe hinunter. Als sie an der Küche vorbeikam, merkte sie, dass ihre Hände zitterten und ihre Augen feucht wurden. *Ich bin eine Null*, dachte sie. *Ich bin eine absolute Null. Aber Mut habe ich doch.*

»Was ist mit Gus los?«, fragte Gabrielle, als Claire auf den Fahrersitz kletterte.

»In einer Minute ist er da. Ich habe euren Bruder endlich zur Vernunft gebracht.«

Gabys sechstes Video – Ein Spaziergang mit Tom

Gestern war ich gerade auf dem Weg zur Scheune, um mit den Frühstücksvorbereitungen zu beginnen, da fing mein Handy an zu klingeln.

Ein Anruf um halb sechs in der Frühe bedeutet normalerweise schlechte Nachrichten. Dieser nicht. Es war Tom, der mir sagte, er könne nicht zu unserer Frühstücksgruppe kommen, mich aber fragte, ob ich mit ihm zu Mittag essen würde. Ich hab Ja gesagt, noch bevor er die Frage zu Ende formuliert hatte. Und dann hab ich natürlich angefangen zu überlegen, ob es wohl ein Problem gäbe und was es war, worüber er mit mir sprechen wollte.

Gegen Mittag hat Tom mich abgeholt. Eine halbe Stunde später haben wir das Auto am Eingang eines

State Parks abgestellt. Er hat eine große Stofftasche vom Rücksitz gezogen und gesagt: »Hast du Lust auf ein Picknick im Wald?«

Hatte ich. Ich picknicke gerne, und ich verbringe gerne Zeit mit Tom. Seit Kindertagen haben wir immer wieder solche Sachen unternommen.

Was für ein unglaublich schöner Tag für Ende Dezember. Strahlend blauer Himmel, viel Sonnenschein, etwas über zehn Grad vielleicht.

Tom hat richtige Adleraugen. Während unseres Spaziergangs hat er mir eine Otterhöhle am Ufer eines zugefrorenen Bachlaufs und einen dicken grauen Zaunkönig gezeigt, der anfing, ganz oben auf einem kahlen Baum ein Nest zu bauen. Wenn das Wetter plötzlich warm wird, geraten die Vögel, die im Norden bleiben, durcheinander und glauben, es sei Frühling.

Durch den schmelzenden Schnee war der Boden fast überall feucht, aber wir haben einen hübschen, oben abgeflachten Felsbrocken gefunden, der von der Sonne erwärmt war. Darüber haben wir eine Decke gelegt, und Tom hat eine Flasche weißen Burgunder und dazu Salami, Brie, Äpfel und französisches Weißbrot ausgepackt.

Der Wein hat meine Zunge gelockert, und ich habe mich dabei ertappt, wie ich Tom etwas fragte, was ich schon immer hatte fragen wollen: warum er nie über seine Zeit als Profihockeyspieler sprach.

Er hat ausweichend geantwortet und so was gesagt

wie: »Wenn man in den Siebzigern bei den Flyers gespielt hat, brüstet man sich nicht unbedingt damit.«

Ich hab ihn gefragt, warum. Und er sagte: »Weißt du, wie man die Flyers damals genannt hat? Die Broad Street Bullies. Wir waren ein Haufen verrückter Tiere«, fuhr Tom fort. »Man hat uns gesagt, das Kämpfen sei wichtiger als das Eislaufen. Ich hab angefangen, das Spiel zu hassen. Deshalb hab ich aufgehört. Mein Kontingent an gebrochenen Nasen hatte ich gehabt, und mein Schläger war mehr in der Luft als unten auf dem Eis. Ich konnte einfach nicht weitermachen.«

Tom hat mich gefragt, ob ich Lust hätte, noch ein bisschen zu laufen. Ich hätte so gut wie alles getan, um diesen Tag zu verlängern.

Nach ein paar Minuten waren wir in einem Holzapfelgarten mit hohen, dicken und knorrigen Bäumen.

»Komm mit mir rauf«, hat er gesagt, und dann sind wir auf den untersten dicken Ast eines Baums geklettert. Er hat mir die Hand hingehalten, und ich hab versucht so zu tun, als wäre das Bäume-Raufklettern mein Beruf. Dann haben wir den nächsten Ast erklommen und uns in eine gemütliche Krümmung geschmiegt.

Inzwischen war es später Nachmittag. Die Luft wurde wieder kühl und klar, und wir hatten eine perfekte Sicht auf die Berkshires in der Ferne.

Gemeinsam haben Tom und ich zugesehen, wie die

blasse Wintersonne allmählich unterging. Das war genau der richtige Ort, und es gab niemanden, mit dem ich lieber dort gewesen wäre als mit Tom.

Ich glaube, ich habe erst einmal genug gesagt.

Es ist fast Weihnachten.

Jippie!

Buch Zwei

Die Tage vor Weihnachten

36. Kapitel

Es war die Jahreszeit, in der man gewöhnlich erschöpft ist. Und da wir das Weihnachtsfest *und* eine Hochzeit planten, nun … deshalb war es für uns die Jahreszeit, in der wir geradezu *lächerlich* erschöpft waren.

»Hört mal, Leute, ich finde, die Lichterkette muss … ich weiß nicht … irgendwie lässiger aussehen. So als ob ein Engel sie gerade oben über das Scheunentor geworfen hätte«, rief ich Tom zu, der auf der obersten Sprosse einer sehr alten und sehr wackligen Holzleiter stand.

»Gaby, der Grund, warum er nicht antwortet, ist, dass seine Lippen zusammengefroren sind«, sagte Jacob, der die Leiter hielt, ein bisschen zu beiläufig, wie ich fand. Ob er wohl in Betracht zog, die Konkurrenz auszudünnen? Nein, Jacob und Tom waren beste Freunde. Sie *waren* doch noch beste Freunde, oder?

Es war sieben Uhr abends und keine Wolke am schwarzen Himmel. Die neuenglische Luft war erfrischend klar und beißend kalt. Eine leicht nervöse künftige Braut, ein Exeishockeycrack und ein flachsender Rabbi legten letzte Hand an die Außendekoration.

Stacey Lee und ich hatten uns bereits um das Innere des Hauses gekümmert – ein majestätischer, drei Meter hoher Christbaum in der Diele, auf dem Kaminsims jede Menge Immergrün und Stechpalmenzweige. Die altmodischen Strümpfe, die ich in früheren Jahren für die Familie gestrickt hatte, waren nicht ganz so sorgfältig wie sonst am Kamin angebracht worden, denn beim Aufhängen von Peters Strumpf war ich etwas sentimental geworden.

Stacey Lee war so einfühlsam, nichts zu sagen. Sie nahm mich einfach in den Arm. Es lag eindeutig Dramatik in der Luft, oder?

»Wie sieht das aus?«, rief Tom nach unten. Er trug ein weiteres seiner Hockeysweatshirts, vielleicht aber auch dasselbe, und sah immer noch aus, als könnte er beim Einwurf des Pucks sofort losstürmen.

»Perfekt«, rief ich zurück. »Passt.«

»Zieh das Ganze noch ein paar Zentimeter nach rechts«, brüllte Jacob. Als Tom seine Anweisung befolgte, sah Jacob mich an, zuckte die Schultern und sagte: »Was? Nur weil ich Jude bin, soll ich keine Meinung über Weihnachtsbeleuchtung haben?«

Er beugte sich zu mir und küsste mich auf die Wange.

»Halt die Leiter fest!«, brüllte Tom herunter. »Und keine Knutscherei bis Weihnachten.«

»Schöne Feiertagsstimmung«, meckerte Jacob. Dann fügte er hinzu: »Da kommt ein Auto!«

Helles Scheinwerferlicht überflutete die lange Auffahrt zum Haus. Die Insassen schienen uns drei nicht zu bemerken, aber wir alle sahen, dass das kein Auto war – *es war ein roter Pick-up.*

»Das ist Claire! Es ist Claire!«, schrie ich. Während ich auf sie zulief, richtete ich den Blick zurück auf Jacob und Tom. »Es sind Claire und Hank und die Kinder! Halt die Leiter fest, bis Tom unten ist. Wir könnten ihn noch für die Hochzeit brauchen.«

Ich rannte, so schnell meine plumpen Lammfellstiefel mich ließen. Da waren sie – Claire und Gus und Gabrielle, meine heißgeliebte Namensvetterin, und Toby und … Hank fehlte.

Dann drängten wir uns in einer geräuschvollen Massenumarmung zusammen – alle außer Gus, der den finsteren Ausdruck des ständig angepissten Teenagers im Gesicht hatte.

»Hi, alle zusammen. Claire, was ist denn mit Hank passiert?«, fragte ich, während ich Gus eine kräftige Umarmung aufzwang. »Schön, dich zu sehen, Großer«, flüsterte ich an seinem Ohr.

»Hank hat's nicht geschafft. Er ist so enttäuscht«, sagte Claire.

Ich wusste, dass da etwas dahinterstecken musste, aber es war nicht der richtige Augenblick, um nachzufragen. Wenn Claire darüber reden wollte, würde sie es tun. Jetzt war ich erst einmal glücklich, dass meine Tochter, die »Südstaatenschönheit«, und meine Enkel da waren. Und dass Hank nicht mitgekommen war, freute mich, um ehrlich zu sein, sogar ein wenig.

37. Kapitel

Allmählich trudelte die Familie ein – die große Fraktion aus dem Süden war jedenfalls schon mal da. Und natürlich Jacob, Tom und Marty.

»Bloß nicht, nimm das weg! Ich kann das nicht sehen!«, schrie Toby. Mit großer, dramatischer Geste schob er seinen Teller von sich. Dann brüllte er: »Für mich keine Verrückte Thunfischpfanne!«

»Gut«, sagte ich. »Ich bin nicht die beste Köchin der Welt, aber kränken brauchst du mich auch nicht.« Toby umarmte mich.

»Wenn wir gewusst hätten, dass du das Verrückte Thunfischding kochst, Gaby, dann wären wir viel langsamer gefahren«, sagte Gus. Das waren die ersten Worte, die er seit ihrer Ankunft gesprochen hatte. Ich gab ihm einen spielerischen Klaps auf den Hinterkopf, und er kicherte.

»Komikerbande«, sagte ich, war aber froh, sie bei mir zu haben. Dann fügte ich hinzu: »Diese Delikatesse, die ihr Verrückte Thunfischpfanne getauft habt, ist zufällig die Spezialität des Hauses. Und da ich keine Thunfischkonserven mehr hatte, habe ich stattdessen Lachs aus der Dose genommen.«

»Na, das ist ja sogar eine Aufwertung«, sagte Tom, der sich gerade roten Landwein eingoss.

»Jetzt hört mal zu. Da Stacey Lee mit dem Essen für die Hochzeit beschäftigt ist, müsst ihr euch heute Abend mit meinen Kochkünsten begnügen. Ich dachte, jeder mag das Gericht.«

Stille erfüllte den Raum. Dann brachen alle in lautes Gelächter aus.

»Na ja, der Salat ist gut. Und es gibt schönes französisches Weißbrot aus Stacey Lees Laden«, sagte ich. »So, kann ich noch jemandem von der Pfanne geben?«

»Gaby-Gaby, was kommt denn eigentlich alles in die Verrückte Thunfischpfanne rein?«, fragte Toby, völlig unschuldig, wie ich dachte.

»Also, natürlich Thunfisch … oder, wenn man besonderes Glück hat, auch mal Lachs … und dann Reis, außerdem Champignoncremesuppe, Schmelzkäse, sechzig Milliliter Sherry, Mandeln – die mir auch ausgegangen waren, so dass ich Erdnüsse genommen habe –, zwei Päckchen Tiefkühlmais, eine Dose Wasserkastanien …«

»Genug, genug. Lasst uns mal einen Moment innehalten«, sagte Jacob. »Ich finde, dieses Essen verdient ein ganz besonderes Tischgebet. Meine Herren?«

Tom stand auf und sagte: »Danke für diese Speise, die wir gleich empfangen. Sie wird uns Freude, Liebe und zweifelsohne Gelächter schenken.«

Marty: »Wir bitten um Gesundheit, für uns alle,

insbesondere aber für Mike, der heute Abend nicht hier sein kann, aber morgen kommen wird.«

Und dann Jacob: »Schließlich beten wir für unsere Mutter, Großmutter und große Freundin Gaby. Möge sie die Liebe und Ruhe finden, die sie so sehr verdient … hoffentlich mit mir.«

Als wir alle lachten und »Amen« sagten, beobachtete ich Claire, die Tom ansah, der mich ansah. Dann lächelte Claire mir zu. Ich wusste nicht, ob sie lächelte, weil sie das Gebet gut fand oder weil sie meinte, Tom als Bräutigam identifiziert zu haben.

Was ich wusste, war, dass plötzlich ein kalter Luftzug in die Küche fuhr. Unser aller Blicke richteten sich auf die Tür.

Und wer sollte da vor unseren verwunderten Augen erscheinen? Ausgerechnet Emily und Bart.

Ich stürzte zu ihnen hinüber. Ich konnte nicht glauben, dass sie zwei Tage früher gekommen waren. Ich hätte mich schon gefreut, wenn sie rechtzeitig zum »Hier kommt die Braut« da gewesen wären.

Dr. Bart – dreißig Zentimeter größer als ich – blickte über meinen Kopf hinweg zum Küchentisch. »Em, das wird das beste Weihnachten aller Zeiten«, sagte er.

»Wieso das? Wegen der Hochzeit?«, fragte Emily, als sie in den Raum trat, um alle zu umarmen.

»Nein«, sagte Bart. »Weil es so aussieht, als hätten sie die Verrückte Thunfischpfanne aufgegessen.«

38. Kapitel

Es war fast ein Uhr morgens, und wir waren immer noch fit. Im Wohnzimmerkamin hatte ich ein großes Feuer angezündet, und wir hatten uns in verschiedene Decken gehüllt. Sogar Toby und Gabrielle waren noch hellwach. Und Stacey Lee war mit einem Pfund ihrer absolut perfekten Ahorn-Walnuss-Karamellen vorbeigekommen.

»Diese Karamellen sind die Belohnung dafür, dass wir die Verrückte Thunfischpfanne runterbekommen haben«, sagte Claire. Alles lachte, und vermutlich wegen des Grand Marnier, den ich in kleinen Schlückchen trank, lachte ich auch. In Wirklichkeit hatte ich das Gericht gekocht, weil es ein Familienscherz war.

»Übrigens habe ich vor kurzem mit Lizzie gesprochen. Sie und Mike grüßen euch alle«, sagte ich in die Runde. Im Raum wurde es still.

Emily sagte: »Ich habe Liz auf dem Weg hier rauf angerufen. Sie sagte, Mike geht es besser.«

»Das stimmt. Er ruht sich für das Probeessen morgen Abend aus. Und dann die Hochzeit«, sagte ich. »Außerdem arbeitet er an seinen Witzen.«

»So, ehe ich noch was trinke, gehe ich mal nachschauen, wie sich mein Dekozeug an der Scheune macht«, sagte Stacey Lee und stand auf. »Ich brenne wirklich drauf, es zu sehen.«

»Ich komme mit«, sagte Marty.

»Bleib sitzen. Niemand sieht es, bis ich die Genehmigung erteilt habe«, sagte Stacey Lee und verließ den Raum allein.

»Ich glaube, ich geh auch mal ein paar Schritte«, sagte Gus, der, wenn auch nicht ausgesprochen herzlich, so doch wenigstens freundlich wurde.

»Es ist kalt, und es schneit. Geh nicht raus, mein Schatz«, sagte Claire. Ich war froh, sie das Wort »Schatz« verwenden zu hören.

»Ich könnte ein bisschen frische Luft gebrauchen«, sagte Gus im Aufstehen. »Zu viel gegessen.«

»Du könntest ein paar Züge Gras gebrauchen, meinst du«, sagte ich.

»Gaby!«, sagte Gus und tat ganz schockiert und gekränkt. Manchmal schien er zu vergessen, dass ich in der Highschool unterrichtete.

»Arme zur Seite. Beine auseinander«, sagte Marty, der sich neben Gus gestellt hatte.

»Auf keinen Fall!«, brüllte Gus. »Komm schon, Onkel Marty!«

»Dann gehst du nicht raus«, sagte Claire. »Deine Entscheidung, Kumpel.«

»Jetzt lasst ihn doch in Ruhe«, sagte Bart. Wenn das keine gute Stimmung war. Bart und Emily waren wie ausgewechselt. Das ständig auf Hochtouren funktionierende New Yorker Duo war einem entspannten, turtelnden Pärchen gewichen.

»Nö. Das geht ganz schnell«, sagte Marty. Er fing an, mit den Händen über Gus' Körper zu fahren. »Sorry, Kollege.«

Ein paar Sekunden später verkündete er: »Geldbeutel. Drehbleistift. Kaugummi. Kleingeld. Gus ist sauber.«

»Du bist ja pervers, Onkel Marty«, sagte Gus.

»Und?«, sagte Marty.

»Augenblick«, sagte ich. »Gib mir bitte mal den Geldbeutel.«

»Oooooh, Gaby.«

»Her damit.«

Ich warf einen Blick ins Geldscheinfach. Tatsächlich steckte zwischen ein paar Eindollarscheinen ein zerknitterter, aber sehr dicker Joint. Ich nahm die Sorge in Gus' weit aufgerissenen Augen wahr.

»Nichts drin«, log ich. Und händigte Gus den Geldbeutel wieder aus.

»Tut mir leid«, sagte Marty. »Wir sind auf deiner Seite, Gus.«

»Kein Problem«, sagte Gus. »Ihr habt sowieso recht. Wahrscheinlich ist es zu kalt, um rauszugehen.«

Wir sahen Tom dabei zu, wie er noch einen dicken Scheit aufs Feuer legte. Toby und Gabrielle schauten wie hypnotisiert in den Funkenregen, den das Holz am Anfang versprühte. Ich reichte noch einmal die Kamellen herum. Und Bart füllte die Cognacschwenker mit einer zweiten Runde Grand Marnier. Es war wirklich wunderbar, sie alle hier zu haben. Irgendwie schienen alle Mühen und Sorgen kleiner zu werden, wenn man mit den Menschen zusammen war, die man liebte.

Dann hörten wir alle eindeutig: *»Ho, ho, ho!«*

39. Kapitel

Und noch einmal: *»Ho, ho, ho!«*

Zwei überglückliche Stimmen dröhnten aus der Küche herüber.

»Das sind Seth und Andie!«, sagte Emily. »Sie haben's geschafft!« Wir sprangen alle gleichzeitig auf und stürmten in die Küche.

Mit erhobenen Händen gebot Seth uns Einhalt. »Ich weiß. *Ihr* habt uns heute Nacht nicht erwartet. Und *wir* haben nicht erwartet, so spät anzukommen. Und ja, es tut uns leid. Und ja, wir sind durchgefroren. Und ja, wir sind sehr müde …«

»Aber wir sind auch sehr froh, hier zu sein«, sagte Andie.

Dann ging offiziell das Umarmen und Küssen los. Ich fing sofort an, mich dafür zu entschuldigen, dass es nichts mehr zu essen gab. Natürlich gingen die Witze um die Verrückte Thunfischpfanne von vorne los. Dieselben Witze. Und mir kam immer wieder in den Sinn, wie viel mir unsere Zusammengehörigkeit bedeutete. *Im Osten geht ein Stern auf, und in zwei Tagen ist Weihnachten und eine Hochzeit. Und wir sind hier. Zusammen. Was könnte besser sein?*

»Mom, bist du bei uns? Seth an Mom … Seth an Mom … Komm rein, Mom«, sagte Seth laut, als er mich umarmte und mich herumwirbelte, als wäre ich ein Federgewicht.

»Ich fürchte, ich war irgendwo auf einer Wolke«, sagte ich.

»Das darfst du, Gaby«, sagte Andie.

»Also, Folgendes ist passiert«, sagte Seth. »Gleich nach Auburn hatten wir auf dem Mass Pike eine kleine Drehung.«

»Eine *kleine* Drehung?«, sagte Andie. »Da hört ihr, wie der Schriftsteller an seiner Geschichte *dreht*. Ein Lastwagen hat uns praktisch plattgemacht. Statt einer Hochzeit hätte es eine Beerdigung geben können. Aber am Ende kamen wir am Straßenrand zum Stehen. Und wir hatten zu große Angst, uns zu bewegen. Und …«

»Andie übertreibt. Meine Güte. Jeder weiß, was für ein guter Fahrer ich bin.«

Allgemeines Ächzen und Stöhnen erhob sich aus der Gruppe.

»Jedenfalls seid ihr mit eurer Verrückten Thunfischpfanne nichts gegen uns. Wir hatten so richtig Hunger. Deshalb sind wir in Worcester vom Mass Pike runtergefahren und haben im Taco Bell fein gegessen. Ich hatte den neuen Halbpfünder Nacho Crunch Burrito. Andie achtet ja immer auf ihre Linie und hatte … Was hast du gegessen, mein Schnuckelchen?«

»Den Volcano Double Beef Burrito.«

»Stimmt. Mannomann, versucht mal, die Stunde danach mit ihr im Auto zu sitzen.«

»Genug mit den Studentenverbindungswitzen«, sagte Andie. »Um den Faden wieder aufzunehmen – als wir dann weiterfahren wollten, sprang der Motor nicht an. Da hat diese neunhundert Jahre alte Dame – ich glaube zumindest, dass es eine Dame war – uns Starthilfe gegeben … Wie auch immer, es war ein Abenteuer.«

»Na, jetzt seid ihr ja hier«, sagte ich. »Jetzt sind wir alle hier.«

Seth blickte nacheinander in die Gesichter vor ihm. »Ja. Jetzt sind wir alle hier. Und in zwei Tagen heiratet Gaby jemanden in diesem Raum. Ich *nehme an*, es ist jemand in diesem Raum?«

Schweigen. Dann meldete mein Enkel Toby sich zu Wort: »Also, ich weiß jedenfalls, dass ich's nicht bin.«

In dem Moment flog die Küchentür auf, und Stacey Lee rief über das Gelächter hinweg:

»Zieht eure Mäntel an, und kommt raus in die Scheune. Das müsst ihr unbedingt sehen.«

40. Kapitel

Es war eine wunderbare Nacht mit unserer Familie gewesen. Und die Verwandlung, der Stacey Lee die Scheune unterzogen hatte, machte sie noch wunderbarer.

Die splittrigen alten Balken waren in meterweise gold-weißen Spitzenstoff gehüllt. An der Tür jeder Box hing ein Gebinde aus Immergrün mit Tupfen von Stechpalme und Efeu. Die Ziegen, der Esel, das Schwein und meine Schimmelstute sahen aus, als könnten sie wirklich Teil eines Krippengemäldes sein.

Runde Tische, jeder groß genug für ein Dutzend Gäste, säumten eine erhöhte weiße Tanzfläche. Auf jedem Tisch standen Sträuße aus Immergrün und weißen Rosen. Von den Dachsparren hingen Hunderte von Mistelzweigen herab. Es würde unmöglich sein, einen Meter zu gehen, ohne sich einen Kuss von jemandem einzuhandeln.

Und schließlich die *Beleuchtung* – die Tausende funkelnder und glitzernder Lichter, die Wände und Decke überzogen, ließen die Szene wie die auserlesenste Winternacht aller Zeiten erscheinen. Ich herzte Stacey Lee.

»Wie soll ich dir bloß danken?«, sagte ich. »In meinen kühnsten Träumen hätte ich mir etwas so Schönes nicht ausmalen können.«

»Ich ehrlich gesagt auch nicht«, erwiderte sie.

»Es ist wie dieser alte Spruch über Venedig«, sagte Tom, »das Gott gemacht hätte – hätte er nur das Geld dafür gehabt.«

Dann kam mir eine Idee. Ich nahm das Handy aus der Tasche und wählte Lizzies Kurzwahlnummer.

»Hab ich dich geweckt?«, fragte ich, wartete aber nicht auf eine Antwort. »Ich hoffe nicht, und selbst wenn, wirst du dich freuen, dass ich angerufen habe. Wir stehen alle in der Scheune, die Stacey Lee in einen Weihnachtspalast verwandelt hat. Und brechen dauernd in Aaahs und Ooohs aus und weinen und lachen, und da hab ich gedacht … Ich halte mal das Handy hin – ich wollte einfach, dass du auch hier bist. Und Mike, falls er auf ist.«

Meine Singstimme müsste eigentlich meine Krächzstimme heißen, aber ich sang, so laut ich konnte, »I'll Be Home for Christmas«.

Alle fielen ein, auch Lizzie am anderen Ende der Leitung. Kurz darauf waren wir der schönste Chor von ganz Neuengland. Die Lichter funkelten. Das alte Pferd wieherte. Und mein Herz füllte sich mit einer solchen Freude, dass es wehtat. Es gibt nichts Schöneres, als seine Familie beisammenzuhaben, vor allem, wenn alle Freunde sind.

41. Kapitel

Wie viele andere Leute in Stockbridge bauten wir beim Abendessen zu besonderen Anlässen aufs Red Lion Inn: Abschlussfeiern und Sweet-Sixteen-Geburtstagspartys (Emily schien irgendwie nicht der Sweet-Sixteen-Typ zu sein, hätte aber ohne Party keine Geschenke bekommen), Hochzeitstage und, was das Beste war, diese Nachmittage im Frühherbst, wenn die Touristen nach New York und Boston zurückgekehrt waren und die Einheimischen ohne Reservierung einen Tisch bekommen konnten.

Im Red Lion hatten wir auch den Tag gefeiert, an dem der dreizehnjährige Seth auf dem Golfplatz erstaunlicherweise ein Hole-in-one erzielte. Und das Red Lion war der Ort, den Stacey Lee – warum auch immer – gewählt hatte, um zu feiern, dass sie ihr Ziel bei den Weight Watchers erreicht hatte. »Zum Nachtisch habe ich frisches Obst gegessen«, sagte sie immer rechtfertigend über dieses Essen.

Deshalb musste auch das Probeessen im Red Lion Inn stattfinden.

Ich entschied mich noch aus einem anderen Grund dafür: Das Essen war gute, einfache Kost. Zuweilen hatte man den Eindruck, dass Hochzeiten von einem Fest der Liebe zu einem Fest des Essens mutierten.

Das Abendessen fand in der Rockwell Suite statt, einem großen Speiseraum, der mit Bildern von Norman Rockwell, einem berühmten Sohn Stockbridges, behängt war. Auf der Rechnung stand Probeessen, aber wie ich allen sagte, bestand keine Notwendigkeit zu proben. Ich hatte dieses Stück schon mal gespielt.

Tatsache war allerdings, dass zum Probeessen fast so viele Gäste kommen würden wie zur Hochzeit.

Kurts Tochter und Schwiegersohn aus Burlington waren da. Jonny und Nick Ramiro, die Zwillinge, die Gelegenheitsarbeiten rund um die Farm erledigten, hatten gefragt, ob sie kommen dürften. Dann gab es Highschoolabsolventinnen und -absolventen mehrerer Jahrzehnte, die ich sehr mochte und die es bis zum Schluss in meinen Kursen über Emily Dickinson, Scott Fitzgerald, die Brontës und Stephen King und, nicht zu vergessen, in dem Vortrag über »Den richtigen Gebrauch des Bindestrichs« ausgehalten hatten. Und so gingen die Einladungen raus, bis der Geschäftsführer des Inns sagte, bei hundertfünfzig müssten wir aufhören.

Endlich war der Abend da.

»Gaby, ich schulde dir, äh, ein dickes Dankeschön«, sagte Gus, als er mich an der Tür sah. Ich ging davon aus, dass er meine Lüge in Bezug auf seinen Geldbeutel und das Marihuana meinte.

»Manchmal löst eine kleine Flunkerei mehr Probleme, als die Wahrheit es je könnte«, sagte ich.

»Ach ja, das. Ich rede aber gar nicht von dem Joint. Ich meine, danke, dass du mich nicht verpfiffen hast. Das war super, aber eigentlich will ich dir dafür danken, dass du mich heute Abend nicht an den Kindertisch gesetzt hast. Wirklich. Ernsthaft. Vielen, vielen Dank.«

»Das liegt daran, dass ich dich nicht mehr als Kind betrachte. Jetzt sieh nur zu, dass du dich nicht wie eins benimmst.«

Er lächelte mich nicht direkt an, aber ich war erfreut, dass er auch nicht spöttisch grinste. Als er sich umdrehte, um zu gehen, konnte ich es mir nicht verkneifen hinzuzufügen: »Weißt du, Gus, es ist doch erstaunlich, wie sehr ein Samtjackettimitat von H&M eine zerrissene Hose aufwerten kann.« Diesmal lächelte er.

Als ich den Blick hob, wurde der Raum allmählich laut und voll, genau das, was ich wollte. Alle meine chaotischen Freunde und Verwandten an einem Ort versammelt.

Hocherfreut sah ich Mike nur mit Stock hereinkommen. Lizzie hatte mir gesagt, dass er im Haus immer einen Rollator benutzt hatte, jedoch entschlossen war, bei den Hochzeitsfeierlichkeiten wie ein, in seinen eigenen Worten, »normaler Mensch« auszusehen. Ich ging schnell zu ihm und meiner starken, wundervollen Tochter hinüber, und wir fielen uns in die Arme. Dann vollführte Mike mit dem Stock einen kleinen Twostepp.

»Keine Tränen!«, sagte Mike mit dröhnender Stimme. »Hier geht's nicht um mein Unglück. Hier geht's um dein sagenhaftes Glück.«

»Ich bin ganz deiner Meinung«, sagte ich. »Tränen sind was für Weicheier.«

Plötzlich rief Lizzie aus: »Ach du lieber Himmel, guckt euch das mal an!«

Mike und ich drehten uns beide in die Richtung, in die Lizzie starrte.

Ich lachte. »Jacob hat mir erzählt, dass er heute Abend eine ›Freundin‹ mitbringt«, sagte ich. »Allerdings hatte ich nicht erwartet, dass seine Freundin so atemberaubend schön und ungefähr halb so alt ist wie er. Er versucht, mich eifersüchtig zu machen. Und es funktioniert.«

»Nicht der Rabbi und die heiße Braut«, sagte Lizzie. »Guck dir Seth und Andie an!«

Und tatsächlich, als ich den Blick von Jacob aus etwas weiter nach rechts gleiten ließ, war da Andie mit einem gewaltigen Plastikgeweih auf dem Kopf, kleinen pelzigen Samtohren und einer roten Nase, die aufleuchtete. Das war noch nicht alles. Sie steckte in einem braunweißen Sack, der sie wie die vordere Hälfte eines Rentiers aussehen ließ. Und Hufe waren auch dabei.

Bei Seth hielten Hosenträger ein Kostüm fest, das das hintere Ende eines Rentiers darstellte. Auch er hatte große braune Hufe.

»Und, was meint ihr?«, sagte Andie, als sie auf uns zuging oder besser tänzelte.

»Ganz schön stark, was?«, sagte Seth. »Und täuschend echt, stimmt's?«

»Also, was Seth am hinteren Ende betrifft, würde ich behaupten, das ist Type-Casting«, sagte Mike. »Und das wirst du heute Abend nicht zum letzten Mal gehört haben. Sehr kreativ von unserem Starautor und Künstler aus Beantown.«

»Lizzie, hilf mir mal, hier drunterzukommen«, sagte Seth. Dann fing er an, sich unter Andies Teil des Kostüms zu wühlen.

»Irgendwie hat das was Pornografisches«, sagte Lizzie, während sie Seth den vorderen Teil des Kostüms über den Kopf streifte. Jetzt hatten wir ein sehr pummeliges Rentier vor uns.

Etwa ein Dutzend Freunde hatten sich um sie versammelt, und die Dreimannband stimmte *Rudolph, the Red-Nosed Reindeer* an.

Sofort begannen Andie und Seth zu tanzen, wobei ihre Hufe in nahezu perfektem Einklang klapperten.

Die Zuschauer brachen in Beifall aus. Ich wandte mich Lizzie zu und sagte: »Ich bin so froh, keine normalen Kinder zu haben.«

42. Kapitel

Im weiteren Verlauf des Heiligabends wurde die Sache immer interessanter.

»Ich glaube, Jacob hat dieses junge Ding nur mitgebracht, um uns von der Spur abzubringen«, sagte Claire. Alle Augen an unserem Tisch richteten sich auf die ausgesprochen hübsche Amy Stern, Jacobs Überraschungsgefährtin für den Abend.

Tom nickte zustimmend. »Denkt doch mal nach. Der durchtriebene Rabbi taucht in Begleitung einer Dame – einer fabelhaft aussehenden Dame – auf. Also denken alle: Aha! Ihn können wir von der Liste der Heiratskandidaten streichen. Er hat eine Freundin.«

»Glaubt ihr, Gaby ist so diabolisch, dass sie sich diese ganze Mühe macht, um die Situation zu verwirren?«, fragte Seth. »Glaubt ihr, meine Mom würde so was tun?«

»Ich ja«, sagte Andie, die ihre rote Nase abgelegt hatte, um nicht Gefahr zu laufen, sich beim Suppeessen durch einen Stromschlag umzubringen.

»Es sei denn«, sagte Marty, »es sei denn, Ms Stern ist *wirklich* Jacobs Freundin. Das würde nämlich bedeuten, dass jemand anders – Tom oder ich oder sogar jemand, an den wir noch gar nicht gedacht haben – letztlich unsere Gaby heiraten wird …«

»Äh, entschuldigt bitte«, fiel ich ihm ins Wort. »Falls es euch nichts ausmacht, diese Frau hier in dem roten Seidenkleid mit der Saphirkette ist die Person, über die ihr alle sprecht.«

Darauf gab es Gelächter am Tisch, aber auch eine Atmosphäre von *»Dieser Fall muss gelöst werden, Sherlock, und zwar bald«*.

Ich erwischte Gus dabei, wie er die Augen verdrehte. Als er bemerkte, dass ich das bemerkt hatte, imitierte er verblüffend genau meine Stimme: »Sieh zu, dass das erste Mal am Tisch der Erwachsenen nicht das letzte Mal war.« Tonfall, Klang und Stil bekam er vollkommen richtig hin. Er war vielversprechend, dieser Junge.

Während wir lachten, während die Suppenteller abgeräumt und die Gläser mit einem sehr feinen, spritzigen Sancerre gefüllt wurden, tauchten zwei Gäste auf, die bisher vermisst worden waren. Unter wortreichen Entschuldigungen bahnten sich, nur leicht hektisch, Emily und Dr. Perfekt ihren Weg durch die Menge zu unserem Tisch.

»Es tut mir so leid, Mom«, sagte Emily, als sie mir einen Kuss gab. »Wir sind solche Idioten.«

»Das sind wir wirklich. Wir haben gehört, wie alle das Haus verließen«, sagte Bart. »Und wir waren auch so weit. Ich hab mir noch die Krawatte gebunden, und dann … Ich weiß auch nicht …« Seine Stimme erstarb.

»Ich wette, ich weiß, was dann passiert ist«, sagte Gus mit dem wissenden Grinsen des pubertierenden Schuljungen.

»Du weißt eine Menge mehr, als du wissen solltest«, sagte Claire und gab ihm einen Klaps auf den Rücken.

Ja, genau darauf hatte ich gehofft. Es wurde gelacht, der Wein floss, die Musik spielte. Und natürlich stieg die Spannung um das Geheimnis, an diesem Abend mehr denn je. Mir blieb jedoch nicht allzu viel Zeit, um dieses freudige Gefühl zu genießen.

Im vorderen Teil des Raums klopfte ein albern aussehendes rotnasiges Rentier mit einem Löffel an ein Glas. Aus dem Hinterteil des Tieres tauchte eine Hand auf. Die Hand hielt ein Mikrofon.

Oh-oh, jetzt fingen die Tischreden an.

43. Kapitel

»Herr Dirigent, wenn ich bitten darf«, kam eine Stimme vom Hinterteil des Rentiers. Dann sangen Andie und Seth das Lied, das zu ihrem Kostüm gehörte. Die Melodie klang einigermaßen wie *Rudolph, the Red-Nosed Reindeer* – fand ich.

Morgen hat Gaby Hochzeit,
Nach Stockbridge kamen alle her.
Einer wird Gabys Partner,
Aber noch weiß keiner, wer.

Die beiden fingen an, auf dem kleinen Podest zu tanzen, und der ganze Raum voller Leute amüsierte sich so sehr, dass ich beschloss, Seth sollte die Idee, Schriftsteller zu werden, zugunsten einer Karriere als Partyplaner aufgeben.

Sie liebt das kleine Spielchen,
Sagt: Stellt keine Fragen mehr!
Wir wollen nicht mehr raten,
Sondern endlich wissen, wer!

Vielleicht hatten Andie und Seth noch mehr Strophen auf Lager, doch sie trotteten von der Bühne, solange sie das Publikum noch fest in der Hand – äh, den Hufen – hatten.

Lizzie und Mike nahmen den Platz des Rentiers ein. Niemand legte so viel Theatralik an den Tag wie Seth und Andie, aber besonders schüchtern war keins meiner Kinder oder Schwiegerkinder.

Lizzie sprach als Erste. »Normalerweise steht bei Probeessen jemand auf und sagt: ›Ich kenne die Braut, seit sie ein kleines Mädchen war.‹ In diesem Fall dagegen muss ich sagen, ich kenne die Braut, seit *ich* ein kleines Mädchen war. Genau genommen kenne ich sie schon seit der Zeit, *bevor* ich ein kleines Mädchen war, bevor ich ein Baby war, bevor … Nun, ihr wisst, was ich meine.

Ich persönlich glaube, das Größte der vielen großen Dinge an meiner Mom dürfte ihre Ehrlichkeit sein. Sie schafft es, ehrlich zu sein, ohne je zu verletzen, und das ist eine Gabe.

Wo andere Mütter ihren Kindern sagten: ›Ach, die Impfnadel tut gar nicht weh‹, hat Gaby gesagt: ›Die Nadel wird wehtun. Aber es dauert nur eine Sekunde.‹ Wo andere Mütter sagten: ›In diesem orangefarbenen Kleid siehst du fürchterlich aus. Du bist zu dick dafür‹, hat Gaby gesagt: ›Du siehst wunderschön aus in diesem orangefarbenen Kleid, aber in dem blauen Kleid mit der schwarzen Jacke hast du, nach Meinung einer einzelnen Frau, noch viel schöner ausgesehen.‹

Danke dafür, Gaby, dass du immer die Wahrheit gesagt … und mich nie hast merken lassen, wie unglaublich gewieft und manipulierend du warst.«

Das Publikum tobte.

Dann beugte Mike sich vor und sagte: »Nur eins noch. Dass du heiratest, bedeutet nicht, dass du aufhörst, die beste Krankenschwester der Stadt zu sein. Bring auch weiterhin Lasagne und Hühnersuppe vorbei. Sie wirken viel besser als die Bestrahlung.«

Tallulah rief: »Los, Gaby«, und ich war entschlossen, nicht zu weinen.

Dieses Programm war gut vorbereitet, denn als Lizzie und Mike auf der Bühne von Claire, Gabrielle, Toby und dem Miesepeter namens Gus abgelöst wurden, gab es eine »Zwischenmusik« – eine in halsbrecherischem Tempo gespielte Version von *Away in a Manger*.

Claire begann: »Die meisten Kinder bereiten ihren Eltern Probleme, solange sie im Teenageralter sind – Drogen, Alkohol, Sex, Respektlosigkeit. Ich war anders. Ich habe mit solchen Sachen gewartet, bis ich ungefähr dreiundzwanzig war. Ich war der perfekte Teenager, aber eine … Herausforderung als Erwachsene. Ganz egal. Gaby war für mich da. Immer. Jedes Mal wenn ich sie gebraucht habe, ist sie ins Auto gestiegen und in einem Tag und einer Nacht nach South Carolina gefahren. Sie hat genau das richtige Maß an Zuhören mit genau dem richtigen Maß an überzeugendem Tadel verbunden. Hätte sie das nicht, stünde ich heute nicht hier mit drei Kindern und einem Job und der Fähigkeit, mein eigenes Leben zu leben, so hart es auch manchmal sein mag.«

Claire hob ein Glas mit Wasser in meine Richtung. »Danke, Mom. Jetzt bist du an der Reihe. *Wen immer* du heiratest, er ist der glücklichste Mann auf der Welt.«

Dann sah Claire zu Gus hinüber und sagte, so laut, dass alle es hören konnten: »Und wenn du die Augen verdrehst, geht's wieder zurück an den Kindertisch.«

44. Kapitel

Während Claire und die Kinder nach links abgingen, traten Emily und Bart von rechts auf.

Sie sahen toll aus zusammen, meine Anwältin und mein Arzt aus der großen Stadt. Bart trug einen schwarzen Anzug, ein schwarzes Hemd und eine dunkelsilberfarbene Krawatte. Sein Haar war auf eine Weise angeklatscht, wie nur gut aussehende Typen es sich erlauben können.

Emily war nicht zu übertreffen. Sie sah aus wie ein Model. Kein Schmuck (sie hasste verspieltes Zeug). Ihr Haar war straff auf dem Oberkopf zusammengesteckt – schlicht und streng, das, was sie eine nüchterne Frisur nannte. Mittellanger schwarzer Rock. Dunkelgrauer Kaschmirpullover. Schwarzer Blazer. Das Einzige, was an Emily nicht Haute Couture war, war das breite Lächeln in ihrem Gesicht.

Sie nahm das Mikro und sagte: »Meine Mom hat zu uns gesagt, wir sollten nicht als langweilig gekleidete New Yorker kommen. Also!« Sie gab der Band ein Zeichen, legte das Mikro ab, und plötzlich dröhnte die Musik uns entgegen – *Jingle Bells*, im Tempo eines Bump and Grind gespielt.

Jetzt nahm die Darbietung erst richtig Fahrt auf.

Emily zog sich die Nadeln aus dem Haar, worauf es ihr in Wellen um die Schultern wogte. Sie zog ihren Blazer aus, unter dem nackte Schultern und Arme zum Vorschein kamen. Bart schüttelte sein Jackett ab. Wirbelte es wie ein Chippendale-Tänzer durch die Luft und ließ es lässig auf den Boden fallen. Ob er sich so durch sein Medizinstudium gejobbt hatte?

Das Pfeifkonzert und der Applaus schwollen an. Emily zog sich ihren Pullover über den Kopf und enthüllte zwei rote Spaghettiträger, die mit einem winzigen Stück glänzender roter Seide verbunden waren.

Als sie sich umdrehte, um dem Publikum das Rückenteil zu zeigen, da … gab es gar kein Rückenteil. Zurück zu Bart. Er knöpfte sich das schwarze Hemd auf, unter dem ein enges kupferfarbenes T-Shirt hervorkam. Er zog sein schwarzes Jackett wieder an, dann schnallte er seinen Gürtel auf. Die schwarze Hose fiel zu Boden, und darunter trug er eine eng anliegende schwarz-weiße Hose mit einem so hohen Saum, dass die rot-kupferfarbenen Socken vorübergehend den Eindruck erweckten, er hätte Knickerbocker an.

Da waren alle Augen schon wieder auf Emily gerichtet. Sie hatte ihren Rock zu Boden fallen lassen. Darunter befand sich der restliche Teil ihrer Kleidung – ein seidig glänzendes Stück Stoff, das ihr bis zur Mitte des Oberschenkels ging.

Jetzt nahm Bart das Mikro in die Hand. »Wie Em schon sagte, hat Gaby uns ermahnt, nicht im Aufzug fader Arbeitsbienen aus New York hier zu erscheinen«, sagte er.

»Ich hoffe, das ist uns gelungen, *Mom*«, sagte Emily mit einem leichten Hüftschwung auf dem »Mom«.

Der Applaus war so heiß und verrückt wie die Garderobe. Emily und Bart kamen an den Tisch, um sich umarmen zu lassen. Innerhalb von Sekunden war die ganze Familie da – Enkelkinder, verrücktes Rentier, Claire, Liz und Mike (ohne Stock). Dann erhob sich ein Sprechgesang im Raum:

»Re-de! Re-de! Re-de! Auf die Bühne, Gaby!«

»Wer, *ich*?«, fragte die kleine Gabrielle.

45. Kapitel

Ich nahm Claires Tochter mit nach vorne, aber nur für ein paar Sekunden und ein paar weitere Lacher, als Gabrielle einen kleinen Knicks machte und dann zu ihrem Platz zurücksprang.

Dann ergriff ich das Wort. »Zuallererst muss ich euch allen Millionen Mal dafür danken, dass ihr jetzt, am Heiligabend, hier seid – und dann morgen zur Hochzeit kommt. Wenn sich zeigt, dass es Spaß macht, werde ich vielleicht jedes Weihnachten heiraten.

Nun, ich weiß, dass eine Menge darüber spekuliert worden ist, wen ich wohl heiraten werde. Das Interesse ist inzwischen so groß, dass ich sogar Reporter von *Entertainment Tonight* und von den Zeitschriften *Us* und *People* wegschicken musste. Noch heute Nachmittag um fünf riefen Jay-Z und Beyoncé an, um zu fragen, ob sie eine Einladung zu dem Essen heute Abend bekommen könnten. Nun ist also die Zeit gekommen, euch zu verraten, wer der Glückliche ist.«

Applaus und laute Hochrufe von allen Seiten. »Endlich!«, brüllte jemand. Ich glaubte, dass es Amy Stern, Jacobs »Freundin«, war.

»Die Zeit ist gekommen«, sagte ich, »und diese Zeit ist morgen Nachmittag.« Ich lachte. Einige in der Menge buhten, unter ihnen Tom, Marty und Jacob.

»Jetzt muss ich ein paar Dinge sagen, die von Herzen kommen. Geigen, bitte! Meine Videos und E-Mails und Schneckenpost-Briefe habe ich immer mit der Schlusszeile ›Wir sehen uns an Weihnachten, und wir sehen uns in meinen Träumen‹ beendet. Ich möchte, dass ihr alle etwas wisst. Tatsache ist: Ich sehe euch immer in meinen Träumen. Ich sehe alle meine über die Jahre gewonnenen Freundinnen und Freunde. Und meine Lieblingsschülerinnen und -schüler aus der Highschool. Ich sehe die Leute, die jeden Tag bei den Frühstücksvorbereitungen helfen, und manche von denen, die jeden Tag an unserem Frühstück teilnehmen.«

Ich hielt inne. Und blinzelte ein paarmal.

»Und ich träume von meiner Familie. Meinen Kindern. Ihren Kindern. Wenn ich abends einschlafe, sehe ich immer die dicken kleinen Beine der vierjährigen Lizzie vor Pinkus, dem Schwein, weglaufen. Oder ich beobachte, wie Seth als Teenager morgens früh um sechs nach Hause kommt und sich durchs Waschküchenfenster hereinschleicht. Einmal habe ich – und das war reales Leben, kein Traum – einen Pappkarton voller Hockeyschläger und Baseballhandschuhe, die für sehr kleine Hände gedacht waren, durchgesehen. Ein anderes Mal, als ich Bücher auf einem Regal gerade gerückt habe, ist mir *Gute Nacht, Mond* in die

Hände gefallen, und ich habe mich erinnert, wie ihr alle vier gedacht habt, das sei das schönste Stück Literatur, das je geschrieben wurde. Und dann … habe ich geträumt, wir wären alle an Weihnachten wieder einmal zusammen.

Und hier sind wir. *Genau wie in meinen Träumen.* Als mir jemand einen Heiratsantrag machte, und dann noch jemand und so weiter und so fort, da wusste ich, dass das eine gute Idee war. Ich wusste, dass es auf der ganzen Welt nur vier Menschen gibt, die noch neugieriger sind als ich, und das sind meine Kinder.

Und es hat geklappt! Wir sind alle hier! In der Scheune sind die Tische gedeckt. Der Dirigent ist bereit, der Band den Einsatz zu geben. Heute war einer der besten Tage meines Lebens, und ich weiß, der morgige Tag wird noch besser.

Ich danke euch allen, dass ihr an diesem Heiligabend gekommen seid. Ich danke meinen wundervollen Kindern – Claire, Lizzie, Emily und Seth. Meinen unglaublichen Enkelkindern. Und am allermeisten danke ich – *in keiner bestimmten Reihenfolge* – euch, Jacob, Tom, Marty und Stacey Lee. Ihr seid die besten Freunde, die man sich nur wünschen kann. Ich liebe euch, und ich weiß, dass ihr alle mich liebt. Ja mehr noch, dass ihr es mit mir aushaltet. Meistens.

Ihr alle! Wir sehen uns morgen. Und wir sehen uns in meinen Träumen!«

46. Kapitel

Und das war's für Heiligabend. So gut wie.

Die Familie Summerhill hatte eine Trink-und-fahr-Regel, die vor vielen Jahren aufgestellt worden war. Wir nannten sie die Zwei-Fahrer-Regel. Sie bedeutete nichts anderes, als dass immer *zwei* Personen zum Fahren nüchtern bleiben mussten. Wenn dann eine der beiden beschloss, noch einen Verdauungscognac zu trinken, konnte immer noch die andere fahren.

Am Steuer von Claires Pick-up saß Claire selbst, die die letzten fünf Jahre keinen Schluck Alkohol getrunken hatte. Seth hatte sich ebenfalls als Fahrer angeboten. Wegen unserer Regel war er die ganze Nacht bei Pellegrino geblieben, aber, wie er es formulierte: »Wenn ich fahre und ein Polizist hält uns an, wird er auf jeden Fall glauben, ich sei betrunken. Also hört mal, ein Auto mit einem Typ hinterm Steuer, der angezogen ist wie das Hinterteil eines Rentiers?!«

So fuhr Claire, während sich auch Seth, Andie, die Zwillinge und ich noch in den Pick-up quetschten und über den Abend tratschten.

Zehn Minuten später bog Claire in die lange Auffahrt zum Haus. Als sie den Hebel auf Parken stellte, blickte ich hinaus und sah jemanden auf uns zukommen. Und plötzlich wurde mir klar, dass die Nacht noch nicht ganz vorbei war.

»Dieses Arschloch«, sagte Claire.

Natürlich war es Hank.

»Komme ich zu spät zur Party?«, fragte er, als wir aus dem Pick-up ausstiegen. Niemand gab ihm eine Antwort.

Ich hatte dieses Gefühl, das man manchmal bekommt, wenn jemand wirklich gut verbergen kann, wie betrunken er ist, man aber irgendwie weiß, dass er betrunken ist. So kam Hank mir vor.

»Ich hab gehört, dass Glückwünsche angebracht sind, Gaby«, sagte er.

»Und ich hab gehört, dass es im Motel Six in Lenox noch freie Zimmer gibt. Ich werde dir eins reservieren, und dann fahre ich dich hin«, erwiderte ich.

»Warum sollte ich das wollen, wo doch die ganze Familie hier ist?«, lachte er.

In dem Moment kam der kleine BMW von Emily und Bart rasch die Einfahrt herauf. Wie aus einem Clownsauto im Zirkus stiegen nach und nach die Insassen aus – Emily, Bart, Gus, Stacey Lee.

»Das ist ja ein richtiges Summerhill-Familientreffen«, sagte Hank. Er schob sich näher an Claire und mich heran. Und Seth und Bart schoben sich näher zu ihm.

»Oooh, Dr. Scheiß Grandios und der Wunderknabe sind zur Stelle, um das Weibervolk zu beschützen«, sagte Hank. »Glaubt ihr, ihr beide werdet mit mir fertig? Das möchte ich sehr bezweifeln.«

»Nimm Gabys Rat an, Hank«, sagte Seth ruhig. »Wir bringen dich zu einem Motel.«

Da fing Hank an zu brüllen, mit den Armen zu fuchteln und hin und wieder die Füße vom Boden zu heben. »Was? Und die Zeremonie verpassen? Das Wunder, dass irgend so ein Wichser bereit ist, die alte Schachtel da zu heiraten? Dass noch jemand anderes als ihr alle bereit ist, sich von Gaby sagen zu lassen, was er wann und wie tun soll? Es gibt ... es gibt ...«

Doch die Worte blieben ihm im Hals stecken, und in einer ebenso traurigen wie wütenden Bewegung packte Hank einen Stein von der Größe eines Kinderfußballs. Mit beiden Händen schleuderte er ihn auf die Windschutzscheibe des Pick-ups, die zersprang und im nächsten Moment aussah wie ein gläsernes Spinnennetz.

»Jetzt ist Schluss, Hank«, sagte Bart, während er rasch auf seinen Schwager zuging. Seth stand gleich neben ihm. Und neben Seth stand Gus.

»Wir bringen dich jetzt in das Motel«, sagte Bart, der ja ein großer Mann war.

»Dass mich, verdammt noch mal, bloß keiner von euch anrührt«, sagte Hank. »Ich weiß, wann ich nicht willkommen bin. Ich kapier's. Ich *kapiere es*.«

Als wir Wochen später über diesen Abend sprachen, sagten alle, mein Gedächtnis trüge mich. Aber ich hätte schwören können, dass Hank weinte, als er auf sein kleines Mietauto zuging. Bevor er die Tür aufmachte, blieb er stehen und rief: »Gus! Komm her, und bleib bei deinem alten Herrn. Komm schon, Sohn!«

Gus zögerte keine Sekunde.

»Diesmal nicht, Dad. Dieses Mal nicht.«

Hank kochte, stieg jedoch ins Auto und fuhr los. Als er auf uns zukam, drosselte er das Tempo, und mir schoss der Gedanke durch den Kopf, dass er so verrückt sein könnte, mich umzunieten. Oder dass er womöglich einen Revolver hatte.

Er hielt jedoch bloß neben Claire und mir an und ließ das Fenster herunter.

»Weißt du, Gaby, ich will dir was sagen«, erklärte er. »Du bist nichts als ein falsches Aas. Fröhliche Weihnachten alle miteinander!«

Dann fuhr er davon, und ich weiß nicht, ob wir ihn je geliebt haben, aber in dieser Nacht haben wir um ihn geweint.

47. Kapitel

Ich hatte nur selten Probleme mit dem Einschlafen, aber dies war keine normale Nacht. Hank hatte sie noch, sagen wir, dramatischer gemacht. In sechs Stunden würden wir unseren obdachlosen Freundinnen und Freunden das Weihnachtsfrühstück servieren. Und einige Stunden danach würde ich einen ganz besonderen Menschen heiraten. Über diesen Menschen dachte ich jetzt nach – warum ich ihn ausgewählt hatte und wie ruhig und sicher ich in meiner Wahl war. Ich war zu der Überzeugung gelangt, dass, wenn man im Begriff stand, jemanden zu heiraten, es der beste Freund sein musste, und er war mein bester Freund, jemand, mit dem zusammen zu sein ich nie müde wurde, jemand, von dem geliebt zu werden ich mich glücklich schätzte. In dem Moment wünschte ich, er wäre bei mir.

Ich lag im Bett, neben mir ein schöner großer Schwenker mit warmem Cognac. Wie zu erwarten, verstand es Gus, Courvoisier auf die perfekte Temperatur zu erwärmen, und das hatte er für mich gemacht. Ich ging flüchtig meinen dicken Ordner mit Hochzeitsunterlagen durch – Speisekarten, Rechnungen, Checklisten für Blumen und Orchester und Barkeeper und, natürlich, die immer länger werdende Gästeliste.

Fast jeder im Haus kam noch herein, um mir Gute Nacht zu sagen, und jeder meinte, der morgige Tag würde wunderschön werden. Und Hank solle sich zum Teufel scheren.

Ich nippte an dem Cognac. Mmmmh. Gus mochte nicht besonders gut in Algebra gewesen sein, aber wie man ein Glas Courvoisier servierte, das wusste er.

Dann klopfte es kaum hörbar an der Schlafzimmertür.

»Komm rein«, sagte ich.

Die Tür ging auf, und Claire stand da in einem schwarzen Seidenmorgenmantel und sah genauso schüchtern und still aus wie damals als kleines Mädchen.

»Erinnerst du dich daran?«, fragte sie.

»Ich dachte, ich hätte ihn an dem Tag, an dem du nach Myrtle Beach gezogen bist, in den Sozialladen gebracht«, sagte ich lachend. Sie drehte sich um, so dass das große silberne Logo ihrer Lieblingsrockgruppe aus der Highschoolzeit – INXS – sichtbar wurde.

»Was ist denn aus denen geworden?«, fragte ich.

»Ich glaube, die arbeiten in einem Walmart in Perth«, sagte sie.

Ich winkte sie herein, und in dem Augenblick, als sie die Tür hinter sich zumachte, passierte es – ein Damm brach. Schluchzen. Zittern. Bebende Lippen. Ich breitete die Arme aus, und sie warf sich hinein.

»Ich habe etwas beschlossen, Mom«, sagte Claire.

»Was hast du beschlossen?«

»Ich verlasse Hank, lasse mich von ihm scheiden«, sagte sie und nahm dann den Kopf zurück, wie ich glaubte, um meine Reaktion sehen zu können.

Kurz darauf sprach sie weiter. »Wirst du das billigen oder nicht?«

»Du brauchst meine Billigung oder Missbilligung nicht. Eine Ehe ist das Privateste auf der Welt. Nur die beiden Betroffenen wissen, ob sie für sie funktioniert oder nicht. Alles, was ich sagen werde, ist, dass ich dich wie verrückt lieb hab.«

Sie schniefte. Sie lächelte. Es war ein zartes, schiefes Lächeln, aber ein Lächeln.

»Danke. Ich wollte einfach nicht, dass die traurige Nachricht dir die Hochzeit verdirbt.«

»Du verdirbst gar nichts, Claire.«

Ich hielt es für unangemessen hinzuzufügen, dass sie mir gerade das schönste Weihnachts- und Hochzeitsgeschenk gemacht hatte, das ich mir je hatte erhoffen können.

Buch Drei

Die Weihnachtshochzeit

48. Kapitel

Fröhliche Weihnachten. Ich hoffte nur, dass ich diesen Tag überleben würde.

Zufällig stand uns in einigen Stunden eine Hochzeit bevor, zu der rund zweihundert Leute erwartet wurden. Ich hatte ein Farmhaus, das so voll mit Gästen war, dass zwei der Cousins auf Luftmatratzen in der Küche schliefen.

Ich muss wohl der Meinung gewesen sein, damit hätten wir noch nicht genug zu tun. Da ja Weihnachten war, fand ich es nämlich nur angemessen, dass wir den Obdachlosen auch an diesem Morgen unser traditionelles Frühstück servierten. Ich konnte einfach nicht Nein sagen.

»Mom, ein kleines Planungsproblem«, verkündete Seth. »Die Tische in der Scheune sind alle für das Hochzeitsessen gedeckt. Wo sollen die Leute sitzen? Womit sollen sie essen?«

»Seth, eine Planungslösung«, antwortete ich. »Lass sie an den wunderschön gedeckten Tischen sitzen. *Es ist Weihnachten.*«

»Wenn Stacey Lee das rauskriegt, bringt sie uns um«, sagte er.

»Nein, tut sie nicht. Sobald nämlich das Frühstück vorbei ist, werden wir Geschirr und Besteck spülen, die Leinenservietten waschen und bügeln, und ehe das erste Appetithäppchen verschlungen ist, werden die Tische wieder gedeckt sein. Und wenn ich es selbst machen muss.«

Seth nickte, als hätte ich gerade etwas völlig Vernünftiges gesagt. Er gab mir einen Kuss auf die Wange und ging hinaus zur Scheune, um die Frühstücksgäste zu ihren Plätzen zu begleiten. »Wie Sie wünschen, Madame. Niemand sorgt so für die Massen wie Sie. Also, ganz im Ernst.«

Nicht nur die üblichen Helfer, auch meine Familie packte mit an, und das bestimmt nicht zum ersten Mal.

Dieses Frühstück war mit Absicht ausgefallener als die meisten anderen. Nicht nur wie sonst Haferbrei, Obst und Toast. Nein, an diesem Weihnachtsmorgen gab es Buttermilchpfannkuchen mit echtem Ahornsirup. Dazu Rührei mit Cheddar und Frühlingszwiebeln. Und jeder Tisch hatte eine große Schüssel voll in Scheiben geschnittene Erdbeeren.

Ich drehte mich um und ging zu der großen gusseisernen Pfanne, mit der Jacob, selbst zu dieser frühen Stunde gepflegt und attraktiv, wie ein Koch in einem Schnellrestaurant Pfannkuchen durch die Luft warf.

»Du bist ja schon in aller Frühe hier«, sagte ich. »Nichts los in der Synagoge?« Er gab vor, nicht zu merken, dass ich einen Witz machte. Verwundert riss er die Augen auf, und sein Kiefer fiel leicht herunter.

»Im jüdischen Kalender ist Weihnachten kein besonderer Tag, Gaby«, sagte er.

Während wir noch lachten, kam Emily vorbei, nahm eine Platte mit Pfannkuchen und ging weiter, schnell und effizient wie immer. »Das ist Wahnsinn, Mom«, murmelte sie, »aber irgendwie macht es Spaß.« Tom war bereits mit einer zweiten Platte am Tisch.

»Danke, dass du Amy gestern Abend mitgebracht hast«, sagte ich zu Jacob.

»Keine Ursache«, sagte er. »Ich hoffe, es hat geholfen, alle noch mehr zu verwirren. Das Geheimnis zu vertiefen. Die Sache noch anzuheizen.«

»Oh, ich glaube, das hat es getan, Jacob. Genau, wie wir's geplant hatten.«

Inzwischen wurden manche der Frühstücksgäste fertig. Ein paar Stammgäste blieben stehen, um mir zu danken und ein frohes Weihnachtsfest zu wünschen. Fast alle von ihnen wussten von der Hochzeit an diesem Nachmittag. Genau genommen wusste es fast ganz Stockbridge.

Die alte Adele Gould kam zu mir. Miz Gould, wie sie immer genannt zu werden verlangte, behauptete, achtzig zu sein, war aber wenigstens neunzig. Sie umarmte mich kraftlos und sagte: »Gott segne Sie, Gaby. Ich habe vier Mal geheiratet, und ich habe es geliebt.«

»Da geben Sie mir ja große Hoffnung und Ermutigung«, sagte ich.

»Miz Gould«, hörte ich eine vertraute Stimme sagen. »Ich bin für das Einsammeln der schmutzigen Servietten zuständig.« Es war Marty mit einem großen Wäschekorb. Ich hatte ihn gar nicht kommen sehen.

»Schön, meine können Sie holen. Gleich da drüben.« Adele zeigte auf ihren fast leeren Tisch. Dann zwinkerte sie mir zu und ging.

»Ich vermute, sie weiß, wer die Hilfskraft ist«, sagte Marty. Lächelnd schüttelten wir beide den Kopf.

»Frohe Weihnachten, Marty«, sagte ich.

Er beugte sich über den Wäschekorb und küsste mich flüchtig auf die Lippen.

»Frohe Weihnachten, Gaby.«

Überrascht wich ich ein wenig zurück. »Marty«, sagte ich. »Warum haben wir Tränen in den Augen?«

»Du bist doch die Expertin für die menschliche Psyche. Ich bin nur hier, um die Servietten zu waschen. Bis später«, sagte er und verschwand zum Scheunentor hinaus.

Das Frühstück war in den letzten Zügen. Emily und Bart spülten Geschirr. Claire lief mit einem Lappen und einer Sprühflasche mit Reinigungsmittel herum und rubbelte Flecken von den Tischdecken weg. Tom hatte zwei Mülleimer in der Hand.

Ich beobachtete, wie er eine ältere Dame freundlich bat, das Tischgesteck stehen zu lassen. Dann zog er eine einzelne weiße Rose heraus und überreichte sie ihr.

Als ich zu der Pfanne zurückging, um sie zu säubern, vertrat Benny mir den Weg.

Ich erinnerte mich nicht, dass Benny je einen Nachnamen gehabt hätte. Er war immer »Benny von der Tankstelle«, der Typ, der Benzin einfüllte, den Gehweg kehrte, Windschutzscheiben sauber machte. Eines wusste ich allerdings über Benny: Er hatte keinen einzigen Zahn mehr. Und das bestätigte er einem vergnügt, indem er den Mund weit aufriss und lachte.

»Gaby«, sagte er. »Niemand weiß, wen Sie heiraten, oder?«

»Das stimmt nicht. Ich weiß es.«

»Sie sind ein Schlaukopf«, sagte er. Dann blickte er mir in die Augen und tat, als wäre er kurz davor zu weinen.

»Verflixt, Gaby. All die Jahre habe ich immer gedacht, ich wäre derjenige, den Sie lieben.«

49. Kapitel

Als das Frühstück über die Bühne war, zog ich mich ins Haus zurück. Einige Stunden später versuchte ich verzweifelt, mich durch die Unmengen von Dingen zu arbeiten, die ich noch zu tun hatte. Da klopfte es an meine Schlafzimmertür.

»Brauchst du Hilfe beim Anziehen, Mom?« Es war Claire.

»Nein, danke. Ich kann mich wirklich ganz gut allein anziehen. Mach ich schon seit Jahren.«

»Okay, Schlaumeier. Gib Laut, wenn du mich brauchst. Noch neunzig Minuten bis zum Abflug.«

Neunzig Minuten. Neunzig Minuten bis zur Hochzeit, neunzig Minuten bis zum Jawort, neunzig Minuten, bis ich tun würde, was ich schon einmal mit Peter getan hatte. Ganz ehrlich, ich konnte es kaum erwarten, und ich war nie sicherer gewesen, absolut die richtige Partnerwahl getroffen zu haben, so schwer diese Wahl auch gewesen war.

Mein Blick ging zum Bett hinüber, wo Stacey Lee das Hochzeitskleid für mich ausgebreitet hatte. Erst einen Monat zuvor waren sie und ich nach Boston gefahren, um es zu kaufen. Wir hatten geplant, den

Tag dort zu verbringen und möglicherweise bei Andie und Seth zu übernachten, falls wir auf der Suche nach einem Kleid oder Accessoires noch einen weiteren Tag brauchten.

Unser erstes Ziel war die Designerabteilung bei Saks im Prudential Center gewesen. Die Verkäuferin zeigte uns ein von Carolina Herrera entworfenes Kleid, das aus einem so blasslilafarbenen Chiffon gemacht war, dass man die Farbschattierung nur bei näherem Hinsehen erkannte. Ich erinnerte mich an die Aussage einer englischen Schauspielerin in einer Königinnenrolle, dass sie, wenn sie die Krone und die Robe anlegte, das Gefühl hatte, die Königin zu *sein*. An diesem Morgen bei Saks schlüpfte ich in das Chiffonkleid und … nun, ich fühlte mich genau wie eine Braut. Ganz deutlich sah ich den Hochzeitsempfang vor mir, die Kinder, die geschmückten Tische und den Mann, den ich heiraten würde. Ich war eine Braut.

Als ich die Umkleidekabine verließ, wirkte Stacey Lee genauso verblüfft und begeistert, wie ich mich fühlte.

»Du siehst unglaublich aus«, sagte sie. »Wer hätte gedacht, dass das erste Kleid, das du anprobierst, schon das perfekte sein würde?«

Nun lag dieses perfekte Kleid auf meinem Bett und wartete darauf, dass ich es anzog und eine Braut wurde.

Ganz, ganz behutsam ließ ich das Kleid über meinen Kopf gleiten. Es fiel an mir hinunter und lag um meine Schultern, als bestünde es aus Luft. Die Magie der Kleidung funktionierte. Da stand ich: die Braut am Tag ihrer Hochzeit. Es war ein wundervolles Gefühl, mit allem, was dazugehörte.

Oh ja. Ich brauchte noch Make-up, vor allem um die Augen. Und in die Haare musste Styling-Gel, besonders auf den Wirbel, der mich schon mein ganzes Leben geplagt hatte. Und ich musste meine Gesundheits-Sneakers gegen etwas festlichere Schuhe tauschen.

Ich schleuderte die Sneakers von den Füßen.

Dann betrachtete ich mich im Spiegel, drehte mich. *Jawohl, Ma'am. Dieses Kleid ist perfekt. Sie könnten diese Hochzeit schaffen.*

Ich übte, kleine Schritte zu machen – nicht zu schnell, aber auch nicht lächerlich langsam. Gott, war ich aufgeregt.

Barfuß ging ich von meinem Lesesessel am Stepper vorbei zum gegenüberliegenden Schlafzimmerfenster, von dem aus man den kleinen steinernen Steg sehen konnte, den Peter und ich Jahre zuvor gebaut hatten und der in den Wald führte. Wahrscheinlich aufgrund meiner Nervosität und Freude erschien mir das Winterlicht frühlingshaft hell. Am liebsten hätte ich an sämtlichen Bäumen die kahlen Zweige dekoriert.

Dann fiel mein Blick von den Zweigen aus nach unten. Ach du lieber Himmel.

Da waren Tallulah und Gus, die gerade über den Steg liefen.

Eine Achtjährige und ein Vierzehnjähriger, die sich in den Wald schlichen. Das verhieß nichts Gutes. Tallulah blickte sich nervös um. Gus winkte sie weiter. Dann waren sie verschwunden.

Ich holte tief Luft. Dann rannte ich die hintere Treppe hinunter und zur Seitentür hinaus. Das konnte alles verderben.

50. Kapitel

Es klingt dumm, weil es dumm war: Da ich es so eilig hatte, Gus und Tallulah zu folgen, fiel mir erst auf dem steinernen Steg wieder ein, dass ich keine Schuhe anhatte. Als ich auf der anderen Seite war, trat ich in einen Haufen vereistes Reisig. »Scheiße!«, entfuhr es mir, aber ich hatte nicht vor umzukehren. Allerdings war ich mir sicher, dass ich in meinem Hochzeitskleid aus Chiffon, in eine Tagesdecke gehüllt und barfuß, aussah, als wäre ich direkt dem *Blair Witch Project* entsprungen.

In diesem Wald war ich schon tausendmal gewesen. Deshalb kannte ich das Gelände wie meine Westentasche. Wohin diese Gören gegangen waren, konnte ich jedoch nur vermuten.

Ich lief durch den Holzapfelgarten und das Überlaufgebiet des Bachs. Im Sommer war diese Fläche der reinste Sumpf aus Schlamm und nassem Sand. Heute hätte es eine Eislaufbahn sein können.

Ich bog in einen Pfad ein, auf dem wir oft die Hunde rennen ließen, und dann war da … *etwas in der Luft.* Der unverkennbare, nie vergessene Geruch von Marihuana.

Meiner Nase folgend und auf halb erfrorenen Füßen humpelnd entdeckte ich bald Tallulah und Gus, die auf einem gefällten Baumstamm saßen.

Ich beobachtete, wie Tallulah einen Zug nahm und dann wie verrückt hustete. Ihr Mentor und Lehrmeister Gus schien ihr Anweisungen zu geben, wie lange sie den Rauch im Mund behalten, ihn richtig inhalieren und am Ende wieder ausströmen lassen sollte.

»Was zum Teufel treibt ihr zwei da?«, sagte ich. »Habt ihr beide einen an der Klatsche?«

Ich wäre jede Wette eingegangen, dass, seit Ebenezer Scrooge Marleys Geist erblickte, an Weihnachten niemand mehr so erschrocken ausgesehen hatte.

»Gaby!«, rief Tallulah. »Was machst du denn hier?«

»Bevor ich heirate, mache ich immer gerne einen Spaziergang durch den eiskalten Wald.«

»Oh Mann«, sagte Gus. »Jetzt sind wir im Arsch.«

Ich ging zu ihm hinüber und schubste ihn so fest, dass er rückwärts von dem Baumstamm fiel. »Geht's noch? Deine Cousine ist acht Jahre alt. Wie wär's, wenn du an Weihnachten keine versauten Wörter benutzen würdest? Wie wär's, wenn du darauf verzichten würdest, ihr das Kiffen beizubringen? Wie wär's, wenn du dich ein einziges Mal in deinem Leben nicht wie ein kleiner Rotzlöffel benehmen würdest?«

Ihr Joint war auf den Boden gefallen. Ich sah Gus hinüberschielen.

»Untersteh dich, das Ding anzurühren«, sagte ich.

»Du weißt, ich hab dich ein Mal gedeckt, Gus. Ich dachte, dafür wärst du mir was schuldig. Wie's scheint, aber nicht. Wie's scheint, willst du total zugekifft auf meiner Hochzeit erscheinen. Dir ist egal, ob du alles verdirbst. Du denkst nur an dich selbst.«

»Das ist es nicht, Gaby. Ich wollte bloß zum Gottesdienst entspannt sein.«

»Und deine achtjährige Cousine sollte auch entspannt sein?«

Er schwieg und wandte sich ab. Tallulah senkte den Blick. Nach ein paar Sekunden sprach Gus wieder.

»Kann ich dir etwas sagen, ohne dass du sauer wirst?«

»Natürlich kannst du das«, sagte ich.

»Es … es ist einfach so: Ich liebe Gras.«

»Du ›liebst‹ es?«, fragte ich. Ich war nicht sauer. Vermutlich, weil Gus versuchte, aufrichtig zu sein.

»Ja, wenn ich nicht bekifft bin, stelle ich mir vor, bekifft zu sein. Wenn ich gerade nicht kiffe, wie in der Schule, denke ich daran, wie ich nach dem Unterricht …« Seine Stimme erstarb.

Ich wartete ein bisschen, dann sagte ich zu ihm: »Weißt du, was es mit Liebesbeziehungen auf sich hat? *Du kannst sie beenden.* Das ist nicht immer einfach. Und du willst es nicht immer. Aber du kannst es. Und genau das ist es, was du tun musst.«

Er nickte. Gus kannte mich gut genug, um zu wissen, dass ich eine war, die zwar gerne redete, aber keine Vorträge hielt. Mir blieb wirklich nichts weiter zu sagen als: »Gus, du bist stark. Ich weiß es. Du bist stark. Bleib stark.«

Tallulah blickte immer noch zu Boden. Es hatte den Anschein, als wäre sie den Tränen nah, was ich in Ordnung fand. Ihre Wangen waren bereits feucht.

»Und du, junge Dame. Bleib bei Smarties und den Jonas Brothers oder wem auch immer. Und häng nicht mit Nichtsnutzen wie deinem Cousin hier rum.« Damit nahm ich das Mädchen in die Arme.

»Pass auf dein Kleid auf, Gaby. Es ist so schön. Mach es nicht schmutzig«, sagte Tallulah.

»Kommt, ihr beiden kleinen Ganoven. Lasst uns zum Haus zurückgehen. Es dauert nicht mehr lange, dann wird es dunkel. Es fehlte gerade noch, dass wir uns im Wald verlaufen.«

Tallulah und Gus standen auf, und der Junge schielte auf den einsamen, ausgegangenen Joint hinab.

»Vergiss es!«, sagte ich.

Unter Schweigen gingen wir zurück. Tallulah und Gus hielten die Köpfe gesenkt. Meine Füße brannten von der Kälte. Die Sohlen waren zerkratzt, die Zehen taub.

Als wir uns dem Steg näherten, fiel Gus' Blick auf meine Füße, und er schrie fast: »Gaby, wieso hast du denn keine Schuhe an?«

»Hab ich nicht?«, sagte ich. »Das ist mir gar nicht aufgefallen.«

51. Kapitel

Meine armen Füße waren erfroren *und* brannten. Falls es noch eines Indizes bedurft hätte: Auf dem Teppich waren Blutflecken.

Ich zog mein traumhaftes Kleid aus und untersuchte es auf Beschädigungen und Schmutz. Gott schaute auf die Braut herab: Das Kleid war immer noch makellos. Meine eingerissenen Füße waren jedoch nahe dran, alles zu ruinieren. Also tat ich, was man bekanntlich bei möglichen Erfrierungen und blutigen Schnittwunden besser nicht tun sollte: Ich ließ mir ein heißes Bad einlaufen, setzte mich auf den Rand, schloss die Augen und ließ die Füße ins Wasser platschen. Das war allerdings dramatisch.

So dramatisch, dass ich einen Schrei ausstieß, der Emily und Claire auf den Plan rief.

Lautes Geklopfe an der Tür war die Folge.

»Mom, ist alles in Ordnung da drin?«, fragte Emily.

»Was ist los? Warum hast du geschrien?«, fragte Claire.

»Mir geht's gut«, sagte sie. »Geht euch anziehen.«

»Was ist passiert? Mach die Tür auf«, sagte Claire.

Ich bemerkte kleine Blutrinnsale, einen deutlichen

rosa Schimmer im Badewasser, aber die Hilfe der beiden wollte ich nicht. Tatsache war allerdings, dass ich noch eine Stunde bis zur Hochzeit hatte und kaum stehen konnte. Ich hätte diese zwei unbedachten Kinder sich völlig zukiffen lassen sollen. Aber ich hatte es nicht geschafft, hatte es einfach nicht geschafft.

»Wenn ihr zwei nicht augenblicklich da weggeht«, rief ich, »dürft ihr *nicht* zu meiner Hochzeit kommen.«

»Aber bist du …?«, fragte Emily.

»Augenblicklich.«

»Du bist unmöglich«, hörte ich sie noch einmal sagen, doch mein Röntgenblick konnte ihr Lächeln durch die Tür hindurch sehen. Emilys auch.

Ich nahm die Füße aus dem Wasser und tupfte sie mit einem Handtuch trocken.

Aus dem Ballen meines rechten Fußes sickerte immer noch Blut, und die übrige Haut war ordentlich zerkratzt. Mit »ordentlich« meine ich rot und rau und blutig und schmerzend. Ich bedeckte meine Füße mit medizinischem Puder (am liebsten hätte ich wieder geschrien, unterdrückte den Impuls jedoch). Dann klebte ich Pflaster auf ein paar offene Fleischwunden.

Autsch. Barfuß zu meinem begehbaren Kleiderschrank zu laufen tat weh.

Ich holte die Schachtel mit meinen neuen Christian-Louboutin-Schuhen herunter und klappte sie auf. Nachdem ich meine Füße in die Schuhe gezwängt hatte, sah ich Sternchen und fing an zu weinen. Wenn ich auch keine Ahnung hatte, was bei der

Hochzeit passieren würde, eins war sonnenklar: Ich würde nicht in Stöckelschuhen von Christian Louboutin da stehen, wenn ich sagte: »Ja, ich will.«

»Mom, bist du fertig?«, rief Seth an der Schlafzimmertür.

»So gut wie«, sagte ich. »Lass mich allein. Ich muss mich sammeln. Entscheiden, wen ich heirate.« Über diesen Satz musste ich beinahe lächeln.

»Komm runter, sobald du kannst. Denk dran, die Familie möchte noch anstoßen. Bart kann jederzeit den Champagnerkorken knallen lassen. Die Kinder sind in der Scheune und machen Stacey Lee wahnsinnig. Komm jetzt runter.«

»Gib mir noch zwei Minuten. Besser drei.«

»Jetzt mach schon, Mom!«

Aus einer Schublade schnappte ich mir ein Paar weiße Söckchen. Mein knöchellanges Kleid war ja praktisch bodenlang, fand ich. Wenn ich langsam genug ging, und wegen der Schmerzen hatte ich kaum eine andere Wahl, standen die Chancen gut, dass niemand meine Füße sah.

Also schlüpfte ich in ein Paar weiße Nikes mit lilafarbenen Haken an der Seite.

Lila Haken. Na, so was! Die Sneakers passten sogar zu meinem Kleid.

52. Kapitel

Ich sah super aus.

Da. Ich habe es gesagt. Ich weiß, es ist unangemessen und ein bisschen egozentrisch, aber ich hatte nun mal einen Spiegel im Schlafzimmer, und ich … sah … ziemlich grandios aus. Das Kleid war natürlich einzigartig, das stimmt schon. Ausnahmsweise hatten meine Haare und die Bürste und der Föhn sich mal zusammengerauft, so dass meine Locken genau das richtige Maß an Gewelltheit und Glanz besaßen. Als Schmuck trug ich lediglich einen einzelnen kleinen Diamanten an einer Goldkette. Er stammte aus dem Verlobungsring, den ich Jahre vorher von Peter bekommen hatte.

Falls die Aahs und Oohs meiner Familie ein Indiz waren, konnte ich mich nicht völlig täuschen. Ich glaube, ich sage es noch einmal: *Ich sah super aus.*

»Du siehst genau so aus, wie man Bräute gemeinhin beschreibt«, sagte Lizzie. »Strahlend und schön und …«

Emily sprang ein: »… und jung und verliebt.«

Ehrlich gesagt entsprach das genau meinem Gefühl, und diese Erfahrung kann ich nur wärmstens empfehlen.

Bart machte den Champagner auf. Wenn es überhaupt einen Geräuscheffekt für gute Zeiten gab, dann war es der Klang eines Champagnerkorkens, der aus dem Flaschenhals flog und an die Decke knallte.

»Beeilt euch«, sagte Claire. »Nur noch eine halbe Stunde bis zum Abflug.«

»Warum benutzt du immer das Wort ›Abflug‹? Klingt, als würde ich gleich auf einen anderen Planeten fliegen.«

»Das tust du doch«, sagte Mike. »Apropos, wer ist denn überhaupt dein Copilot?«

»Glaubst du wirklich, ich würde auf diesen Trick reinfallen?«, fragte ich.

Inzwischen waren alle Champagnergläser gefüllt. Emily hob das ihre und sah mich an.

»Mir ist die Aufgabe zugefallen, im Namen der Familie den Toast auf dich auszubringen«, sagte sie. »Also, los geht's. Auf Mom. Die so viel Zeit und Mühe darauf verwandt hat, uns zu lieben und zu umsorgen. Mögest du jetzt etwas von dieser Liebe und Mühe für dich selbst verwenden. Viel Glück. Gott segne dich. Wir lieben dich mehr, als du dir je vorstellen kannst.« Viel Jubel vom heimischen Publikum. Lächeln auf allen Gesichtern im Raum.

»Mist aber auch«, sagte ich. »Ich wusste, dass das passieren würde. Jetzt muss ich mein Augen-Make-up noch mal neu auftragen.«

Dann ergriff Claire das Wort.

»Kann ich was sagen?«, fragte sie leise. Ihr Arm

streckte sich in die Position zum Prosten, doch als alle Blicke sich auf sie richteten, schüttelte Claire den Kopf.

»Nein, das ist kein Toast«, sagte sie. »Ich habe eine Ankündigung zu machen. Ich hab es vorher mit Mom geklärt, und sie hat gesagt, es sei in Ordnung, wenn ich es heute allen mitteile.«

Meine anderen Kinder tauschten verwirrte Blicke. Claire fuhr fort.

»Ich wollte alle davon in Kenntnis setzen, dass Hank und ich uns scheiden lassen«, sagte sie.

Darauf folgte ein etwa fünf Sekunden langes Schweigen. Dann geschah etwas Erstaunliches: Alle fingen an zu jubeln und Beifall zu klatschen.

»Das ist ja eine wunderbare Neuigkeit«, sagte Emily.

»Ich konnte diesen griesgrämigen Mistkerl von Anfang an nicht ausstehen«, sagte Lizzie.

Sogar Mike meldete sich zu Wort: »Ihr kennt mich alle. Ich mag jeden Menschen. Aber Hank habe ich nicht gemocht.«

»Genug jetzt«, sagte ich. »Nur gute Gedanken.«

Mike zuckte die Achseln. »Ich glaube, Hank zu verlassen war ein ausgesprochen guter Gedanke.«

»Ihr Lieben«, sagte ich, »passt mal auf. Ich kann nicht den ganzen Tag rumstehen und Champagner trinken. Jetzt muss ich mir die Augen neu schminken, und dann muss ich heiraten.« Einen kurzen Moment hielt ich inne, dann sprach ich Claire direkt an.

»Du hast die richtige Entscheidung getroffen.« Mein Mädchen lächelte mir zu.

Auf dem Weg zur Treppe hörte ich Andies Stimme. Ich drehte mich um. Sie trug ein hinreißendes schlichtes Seidenkleid in einem so blassen Blauton, dass man ganz genau hinsehen musste, um überhaupt eine Farbe zu erkennen. Ich hörte meine verstorbene Mutter sagen: »Du brauchst nur drei Dinge zu sein, um ein solches Kleid tragen zu können – jung, hübsch und Größe 36.«

»Gaby«, sagte Andie. »Seth und ich möchten mit dir reden.«

»Was ist los?«, fragte ich, ein plötzliches Rumoren im Bauch, das nichts mit dem Lampenfieber vor der Hochzeit zu tun hatte.

Seth sah mich viel zu ernst an. »Lass uns oben in deinem Zimmer reden.«

53. Kapitel

Andie und Seth saßen aneinandergeschmiegt auf dem Sofa neben meinem Schminktisch. Ich saß in meinem Lesesessel. Es war *ihr* Gespräch. Aber warum musste es jetzt stattfinden?

»Mom, du weißt doch, dass ich mein Leben lang darauf gewartet habe, dass mir etwas Wunderbares widerfährt?«, sagte Seth.

»Oh, mein Schatz«, sagte ich. »Wenn du darüber sprechen willst, dass du es damals nicht in die Lacrosse-Mannschaft deiner Schule geschafft hast, lass es uns nach der Hochzeit tun.«

»Mom. Sei ernst.«

»Entschuldige. Vermutlich will ich in diesem Moment keine schlechten Nachrichten hören. Schieß los.«

»Also, du erinnerst dich, dass ich gesagt habe, wir hätten auf dem Weg hierher in Worcester Halt gemacht und zu Abend gegessen – die Geschichte mit dem Taco Bell? Halt gemacht haben wir tatsächlich in Worcester. Aber ins Taco Bell sind wir nicht gegangen.«

Meine Hochzeitsuhr tickte. »Bitte komm zur Sache«, sagte ich zu Seth.

»Lass mich es erzählen«, sagte Andie. »Wir hatten vorher schon mit der Standesbeamtin vereinbart, dass wir bei ihr vorbeikommen würden. Sie hatte versprochen, auf uns zu warten. Und das hat sie getan. Wir haben eine Heiratserlaubnis für Massachusetts bekommen. Und jetzt …«

»Wir haben überlegt, ob wir vielleicht …« Seth brach ab und fing an, auf seiner Unterlippe zu kauen.

Wieder sprang Andie ein. »Wir haben überlegt, ob wir auch heute heiraten könnten. Reverend Browning weiß schon Bescheid. Wir haben ihm aber gesagt, wir müssten dich erst noch fragen. Gaby, wir wollen nicht alles durcheinanderbringen.«

Warum versuchte ich an diesem Tag überhaupt, Augen-Make-up zu tragen? Schon musste ich wieder heulen.

»Ach, ihr zwei. Habe ich von irgendjemandem die Worte ›schlechte Nachrichten‹ gehört? Das ist ja das ganze Gegenteil davon!«

Wir standen alle auf und fielen uns in die Arme. Umarmungen bei einer Hochzeit sind einfach etwas Gutes. Und an Weihnachten auch.

»Wer weiß davon? Deine Schwestern?«, fragte ich. »Bin ich die Letzte, die …«

»Nein. Niemand. Nur du, wir und der Pfarrer«, sagte Seth.

»Gut. Dann lasst uns eine Überraschung daraus machen. Ich zwinkere euch zu, und dann … na … dann heiraten wir alle.«

54. Kapitel

Wenn man ein paar Jahre oder auch nur Wochen nach der Hochzeit mit einer Braut spricht, sagt sie manchmal: »Ich kann mich an nichts erinnern. Alles ist verschwommen. Da war eine Kirche, ein großer Empfang, und eh ich's mich versah, waren wir auf Barbados.«

Nun, so war es bei mir sicher nicht.

Ich erinnere mich an alles, jede Kerze, jede Blume, jedes Weinglas, jeden Song, jeden Toast, jeden Menschen, der auf die Farm kam. Es war, als hätten mein Gehirn und meine Augen sich zur perfekten menschlichen Videokamera zusammengetan.

Allein schritt ich langsam den Mittelgang entlang. Freunde und Familie winkten. Manche riefen etwas. Fotos offenbarten später, dass ich verzückt, fast schon dämlich aussah – ein Grinsen von einem Ohr zum anderen, die Augen so groß wie Äpfel.

Im hinteren Teil des Raums standen rund fünfzig meiner Schülerinnen und Schüler – ehemalige und aktuelle. Es war witzig, was mir durch den Kopf ging, während ich sie ansah: Janie Creed, deren Mutter fünfundzwanzig Jahre zuvor so heftig dagegen protestiert hatte, dass ich mit meinen Oberschülern *Port-*

noys Beschwerden durchnahm. Keshan Saunders, ein Zwölftklässler, der keine der Pflichtlektüren gelesen und dennoch im Kreativen Schreiben ein unglaublich schönes Sonett über den Tod seines Großvaters vorgelegt hatte.

Betsy Greenwood, die Schulleiterin, die mich direkt vom College weg angestellt, die Frau, die gesagt hatte: »Sie sind noch frisch, aber Sie werden sich schon beruhigen. Das tun sie alle.« Nun war sie zum zweiten Mal, heute auf einen Stock gestützt, bei einer Hochzeit von mir anwesend.

Während ich meinen Weg fortsetzte, entdeckte ich Leute, die ich erst wenige Stunden zuvor beim Frühstück gesehen hatte. Benny warf mir eine Kusshand zu. Adele Gould nickte wissend. Unmittelbar neben Adele die Kuehn-Zwillinge – Hazel und Suzanne –, die jetzt Anfang vierzig und immer noch gleich angezogen waren. Steve Miller, der Apotheker. Billy, mein Kumpel aus dem Haushaltswarenladen. Und mir war völlig unklar, wer an diesem Abend im Red Lion den Service machte; wie's aussah, hatten sich nämlich sämtliche Kellnerinnen und Hilfskräfte freigenommen, um hier zu sein.

Seth war für die Musik zuständig. Meine einzige Bitte hatte darin bestanden, dass es nicht das Übliche sein sollte. Keine Bachkantaten, kein »Ave-Maria«. Anschließend hatte ich mir Sorgen gemacht, dass es vielleicht nichts als Dr. Dre und Eminem geben würde. Letztlich war es nichts von beidem. Seth hatte einen Mandolinenspieler und eine Cembalistin sowie eine Band engagiert, die Hits aus den Siebzigern, meiner Highschool- und Collegezeit, spielen sollte.

So wurde mein langsamer, unbeschwerter Einzug von einer ausgesprochen gefühlvollen Version von »Seasons in the Sun« und einer leisen, ruhigen Interpretation von Arethas »Until You Come Back to Me« begleitet.

Ich hatte es fast bis zu dem behelfsmäßigen Altar geschafft. Reverend Browning stand ein paar Meter vor mir, strahlend. Auf der einen Seite von ihm befand sich meine Familie, auf der anderen standen meine Jungs: Tom, Jacob, Marty. Wenn ich weinen müsste, dann jetzt. Doch sie sahen alle so erfreut aus, so gelassen, dass ich ausgesprochen heiter blieb.

Das heißt, bis ich Gus erblickte. Der Junge war ebenfalls tadellos frisiert, tadellos gekleidet. Woher hatte er diesen schönen Anzug?

Dann kam es mir wieder. Der weiche graue Kaschmiranzug hatte Peter gehört. Es war sein Lieblingsanzug gewesen. Jetzt trug Gus ihn. Und ohne dass ich etwas dagegen tun konnte, füllten meine Augen sich mit Tränen. Gus sah ebenso gut aus wie sein Großvater und war mindestens so groß wie er.

Inzwischen hatte ich die vorderste Reihe der Versammlung aus Familie und Freunden erreicht. Ich atmete einmal kurz und kräftig durch. Dann drehte ich mich um und begann zu sprechen.

»Nun, so weit, so gut.«

55. Kapitel

»Ich weiß, ihr alle seid zu einer Hochzeit hergekommen, aber es soll bloß niemand sagen, die Summerhills würden nicht versuchen, jedem etwas für sein Geld zu bieten. Statt nur einer Hochzeit gibt es bei uns an diesem Weihnachtstag zwei.«

Ein leises Raunen ging von der Menge aus.

Seth, im weißen Leinenanzug mit gelber Krawatte, löste sich aus der Familiengruppe und trat neben mich.

Einige Leute sahen verwirrt aus. Ein paar kamen dahinter. Claire stieß einen Pfiff aus, dann animierte Lizzie alle zum Klatschen.

»Wenn ihr euch in Richtung Haus umdreht, werdet ihr die allerschönste Braut sehen: meine angehende Schwiegertochter Andie.«

Andie, deren langes braunes Haar ihre Schultern umspielte, kam jetzt den Gang herunter.

Das Publikum fuhr fort, dieser Überraschung Beifall zu zollen.

Andie sah genau so hinreißend aus, wie ich versprochen hatte. Was sie anhatte, war eigentlich ein Sommerkleid – aus einem leuchtend gelben Baumwollstoff mit noch leuchtenderen roten Mohnblumen drauf, das Oberteil schulterfrei mit Nackenträger, helle Sandalen. Im Gesicht ein zartes, strahlendes Lächeln.

Und bis sie den vorderen Teil der Scheune erreicht hatte, war ein kalter Weihnachtstag warm und süß und hoffnungsvoll geworden.

Den Blick auf meine künftige Schwiegertochter gerichtet dachte ich: *Jetzt hat Andie eine Familie, eine Familie, die sie immer lieben wird. Sie wird nie mehr allein sein.* Andie lächelte mir zu. Vielleicht dachte sie dasselbe.

Als Seth auf dem Weg zu Andie an mir vorbeiging, nahm ich seine Hand. Ich küsste meinen Sohn und trat dann zur Seite.

So leise, dass man es kaum hören konnte, gaben sie sich das Jawort. Aber sie hielten sich an der Hand, und einmal schmiegten sie sich aneinander, und es war so einfach und so richtig. Seth und Andie hatten gewusst, dass das die Zeit und der Ort waren. Als sie sich küssten, brach wieder alles in Hochrufe aus. Schließlich lösten sich die beiden voneinander, und Seth sagte: »Wir haben's getan«, und seine Stimme überschlug sich, so wie damals, als er zwölf oder dreizehn gewesen war. Es heißt, sie würden so schnell groß, von einem Augenblick auf den anderen – wie wahr, kann ich nur sagen!

Die Band spielte eine traditionelle Fassung von *We Wish You a Merry Christmas*, während Seth und Andie, immer noch Händchen haltend, zu der Gruppe der Summerhills zurückgingen.

Jetzt kam mein Part, meine Weihnachtshochzeit – mit genau dem richtigen Mann für mich.

56. Kapitel

Wie oft war ich in dieser alten Scheune gewesen? Ohne zu übertreiben, ein paar Tausend Mal. Alle diese Frühstücke mit gallonenweise Haferbrei, unendlich vielen Eiern und Toastscheiben und Hektolitern Saft. Wie oft waren Peter und ich die wacklige Leiter zum Heuboden hinaufgeklettert, um Weihnachtsgeschenke herunterzuholen, die wir vor unseren Kindern versteckt hatten? Wie oft war ich auf einem der Böden gewesen und hatte den einen oder anderen meiner Frühstücksfreunde dort kampieren sehen?

Auf dieser Farm hatte ich immer ein Gefühl von Frieden, und ich war froh, ihn auch an diesem Weihnachtstag, dem Tag meiner Hochzeit, zu empfinden. Tausend weiße Lichter funkelten. Wohin ich auch schaute, sah ich Lächeln und Tränen und Gelächter und Musik und Blumen.

Ich wollte keine Dramatik mehr. Jetzt wollte ich einfach heiraten. Also ging ich direkt zu Stacey Lee und nahm ihre beiden Hände in meine.

Ich drehte mich zu den Gästen um. »Nein, Stacey Lee heirate ich nicht. Sie wird mich nur dem Bräutigam übergeben!« Gelächter folgte. Irgendein Schlaumeier in der Band spielte zwei schnelle Takte auf der Trommel.

Stacey Lee und ich gingen hinüber und blieben vor Jacob, Tom und Marty stehen. In diesen paar Sekunden machte ich im Geiste ein Foto, das ich mir mein Leben lang bewahren würde.

Mein geliebter Schwager Marty, attraktiv, kräftig, mein Freund, schon bevor ich seinen Bruder kennenlernte. Jacob mit seinen lässig schicken Bartstoppeln und seinem zerknitterten schwarzen Anzug, der sanfteste, freundlichste Mann, den ich kannte. Und Tom, mit dem zu sprechen ich nie müde geworden war, in all der Zeit nicht, seit wir uns kennengelernt hatten, damals in der Highschool in Stockbridge und schon vorher. Gute Typen, jeder einzelne von ihnen, Männer, mit denen man Pferde stehlen konnte.

Ich gab Tom einen Kuss auf die Wange, flüsterte: »Ich liebe dich«, und ging die Reihe weiter.

Jetzt waren nur noch Jacob und Marty übrig. In dem Moment wirkten sie beide ein wenig nervös. Ich auch, da war ich mir sicher. Meine Hände zitterten, meine Knie wurden weich.

Ich küsste Jacob, flüsterte: »Ich liebe dich«, und dann umfasste ich Martys Hand. »Ich liebe dich«, flüsterte ich. »Ich liebe dich so sehr, Marty. Natürlich werde ich dich heiraten. Wer würde das nicht?«

Ein Chor aus *Ooohs* brach aus. Dann Beifall. Lächeln, Lachen, noch mehr Applaus. Auch Tom und Jacob klatschten. Wie schon gesagt, Pfundskerle, wahre Freunde.

Marty war es jedoch, den ich heiraten würde. Wer in dieser Scheune kannte und mochte ihn nicht? Marty, der für jeden, der es selbst nicht konnte, Schnee schippte. Marty, der für Witwer und Witwen Krankenkassenformulare ausfüllte. Marty, der nicht wusste, dass ich wusste, dass er der anonyme Spender war, der dem »Frühstück für Freunde« jedes Jahr fünftausend Dollar zukommen ließ. Vogelbeobachter, Walbeobachter, Menschenbeobachter – sogar Hübsche-Mädchen-Beobachter. Derselbe Typ, der einmal in Housatonic einem Drogendealer einen solchen Schlag versetzt hatte, dass der seinen Kiefer mit Draht hatte richten lassen müssen.

»Pass gut auf unser Mädchen auf«, sagte Stacey Lee. Dann trat sie vor und wurde meine Trauzeugin.

Und Reverend Browning sagte grinsend: »Wie wär's, wenn wir diese beiden Kinder jetzt mal trauen würden?«

57. Kapitel

Und das war das feierliche Versprechen, das ich Marty an diesem Weihnachtsabend gab:

»Marty, meine Mutter sagte immer: ›Werde Gott gegenüber nie habgierig.‹ Was sie damit meinte, war, glaube ich: ›Wage nicht, um mehr zu bitten, wenn du schon alles hast, was du brauchst.‹

Darüber habe ich viel nachgedacht. Das Leben hat es gut mit mir gemeint. Mir wurde, wie du heute hier sehen kannst, eine wunderbare Familie geschenkt. Ich hatte Peter viele wundervolle Jahre lang. Ich habe meine Gesundheit. Und diese Farm. Und jetzt habe ich dich. Jippie!

Marty, als du und ich darüber gesprochen haben zu heiraten, habe ich mich gefragt: ›Werde ich jetzt Gott gegenüber habgierig?‹ Darüber habe ich nachgedacht und bin zu dem Schluss gekommen, wenn einem eine Gnade zuteilwird und man lehnt sie ab, dann ist das genauso falsch, wie um etwas zu bitten, was man nicht verdient. Und ein bisschen dumm ist es, meiner bescheidenen Ansicht nach, auch.

Ich liebe dich so sehr, Marty. Heute bin ich einfach unglaublich glücklich.«

Und dann sagte Marty:

»Gaby, ich habe mehr als die Hälfte meines Lebens hinter mir. Jetzt will ich keine weitere Minute mehr verschwenden. Ich will mit dir zusammen sein. Lass uns heiraten.«

»Lass uns heiraten, Marty.«

58. Kapitel

Dann hörten wir, scheinbar unerwartet, die Stimme des Bandleaders über ein Mikrofon: »Meine Damen und Herren, zum ersten Mal als Mann und Frau: Hier sind Gaby und Martin Summerhill!« Ein stakkatoartiges Anzählen, und dann erfüllte ein Song, den wir beide mochten – *The Way You Look Tonight* – den Raum. Und wir tanzten.

Ich genoss den Beifall und das Gelächter. Als Marty mich herumwirbelte, explodierten die *Ohhhs* nur so. Als er mich hintenüberbog, ertönten weitere Ausrufe des Staunens. Leute zeigten auf meine Sneakers, die immer für einen Lacher gut waren. Als unser Song etwa zur Hälfte vorbei war, beugte Marty sich zu mir. »Seth und Andie«, sagte er.

Was für einen tollen, aufmerksamen Mann hatte ich geheiratet. Wie ein Paar auf einer auslaufenden Spieldose verlangsamten wir unseren Tanz. Marty hob die Hände, um den Beifall zu unterbrechen.

»Meine Damen und Herren, zum ersten Mal als Mann und Frau: Andie und Seth Summerhill.«

Die schönsten Jungvermählten im Raum betraten die Tanzfläche. Sie klatschten einander ab wie Sportler nach einem Sieg. Dann standen sie nebeneinander und bewegten in perfektem Einklang Hüften, Beine und Po, während schnelle elektronische Musik mit verrückten Klangeffekten die Scheune erfüllte.

»Zu was für einem Song tanzen denn die beiden?«, fragte Marty mit einem breiten Grinsen.

»Beeper«, sagte ich. »Von The Count and Sinden.«

»Kennst du dieses Stück?« Marty war völlig perplex.

Ich nickte, verriet ihm allerdings nicht, dass ich es nur kannte, weil Andie und Seth mir davon erzählt hatten, als wir gewissermaßen planten, uns die Tanzfläche zu teilen – noch bevor Marty auf den Gedanken kam. Wie meine Mutter immer sagte: »Erzähl deinem Mann nicht alles, nur die wichtigen Dinge.«

59. Kapitel

Bei der eigenen Hochzeit können sich die vertrautesten Hochzeitsrituale in bedeutungsvolle Traditionen verwandeln. Das Werfen des Brautstraußes, der Tanz mit Verwandten, die man jahrelang nicht gesehen hat, die schrecklich peinlichen Reden – ich wollte das alles haben, und ich genoss jede Minute davon.

Jetzt war der Moment gekommen, wo die Braut und der Bräutigam mit allen anderen tanzen, in einer Art absteigender königlicher Reihenfolge.

Nachdem also Andie und Seth aufgehört hatten, die Zuschauer in Erstaunen zu versetzen, der Bandleader angekündigt hatte, dass man sie demnächst bei *Dancing with the Stars* sehen könne, und die Musik sich in ein Cole-Porter/Billy-Joel-Medley verwandelt hatte, ging der Tanz weiter. Ich tanzte mit Seth. Marty foxtrottete Andie über die Tanzfläche.

Dann tanzten Marty und Claire. Dann Marty und Lizzie.

Als ich mich zu *Time after Time* in Jacobs Armen wiegte, hielt Marty die kleine Gabrielle auf dem einen und Tallulah auf dem anderen starken Arm. Was für ein unvergessliches Bild.

Ich tanzte mit Toby, der meine Beine umarmte. Ich tanzte mit Tom, dann wieder mit Jacob, die mir beide sagten, dass mir verziehen sei, ja sogar, dass ich die beste Wahl getroffen habe.

Als Marty und ich ein paar Minuten später zu unserem Tisch zurückgingen, klopfte ihm jemand auf die Schulter und sagte: »Darf ich diesen Tanz mit Ihrer Frau haben?«

Wir drehten uns um. Es war Gus.

»Okay, aber ich werde Sie im Auge behalten, Mister«, sagte Marty. »Glauben Sie bloß nicht, Sie könnten sich mit Ihrem Countryboy-Charme an mein Mädchen ranmachen.«

In der Nähe der Band fanden Gus und ich einen Platz auf der Tanzfläche. Ich war erstaunt: Der Junge konnte wirklich tanzen – rechte Hand auf meinem Rücken, linke Hand leicht ausgestreckt mit meiner darin. Meine linke Hand lag auf Gus' Schulter, auf dem vornehmen Kaschmir von Peters altem Anzug. Behutsam strich ich darüber. Ich bewegte den Kopf ein paar Zentimeter näher an den Stoff. Dann flüsterte ich: »Danke.«

Gus sah verwirrt aus. »Willst du schon aufhören?«, fragte er.

»Aufhören?«, sagte ich. »Ich habe doch gerade erst angefangen, Gus.«

60. Kapitel

Ich war so abgelenkt und glücklich, dass ich die stechenden Schmerzen in meinen Füßen gar nicht bemerkte. Als Marty und ich uns hinsetzten, war ich aber dann doch erleichtert. Die meisten an unserem Tisch – Marty, ich selbst, Andie, Seth, Jacob, Tom, Stacey Lee – hatten seit dem Frühstück nichts gegessen. Die Lachs- und Kaviarhäppchen schlang ich praktisch hinunter. Ausgesprochen köstlich.

»Hast du die endgültige Speisekarte gesehen?«, fragte Stacey Lee, über meine Schulter gebeugt.

Nach unserem Testessen, bei dem unser Team aus Spitzengourmets außerstande gewesen war, auch nur eine einzige der Möglichkeiten auszuschließen, hatte ich Stacey Lee völlig freie Hand bei der Planung des Hochzeitsessens gelassen. Warum auch nicht? Sie wusste eine Menge mehr über Festplanung als ich, und ich hatte mich um genug andere Dinge kümmern müssen. Ich fand, ich könnte genauso gut einen Blick auf die Speisekarte werfen, wenn der erste Gang durch war.

Also nahm ich die Karte aus schwerem Pergament, die neben meinem Wasserglas lag, und las:

Hors-d'oeuvres Variés
Geräucherter schottischer Lachs
mit Belugaflan
Bisque von Wildpilzen
Feldsalat an alten Tomatenvarietäten
Verrückte Thunfischpfanne
oder
Verrückte Hühnchenpfanne
Gemischte Petits Fours
Hochzeitskuchen

Wie man sich vorstellen kann, sprang mir die Auswahl beim Hauptgang ins Auge. »Bist du wahnsinnig?«, sagte ich zu Stacey Lee. Ich zeigte die Speisekarte Marty, der in Gelächter ausbrach.

Wie auf ein Stichwort stellte ein Kellner Teller mit der schönsten Komposition, die ich je gesehen hatte, vor uns: eine elegante Pyramide aus frischen Thunfischstücken auf einem Bett aus Drillingskartoffeln, das Ganze abgerundet durch eine Sahnesoße mit Schalotten und gerösteten Mandeln.

»Lasst es euch schmecken«, sagte Stacey Lee, während sie zu ihrem Platz zurückging.

61. Kapitel

»Ich will keins von diesen klischeehaften Hochzeitsfotos, auf denen die Braut dem Bräutigam viel zu viel Kuchen in den Mund stopft«, sagte Marty. Es war Zeit, den Hochzeitskuchen anzuschneiden, eine gewaltige Schokoladenkreation in Form einer Scheune.

»Vielleicht eine Scheibe, die nur *ein bisschen* zu dick ist«, sagte ich. »Das ginge doch, oder?«

»Gaby«, sagte er, einen warnenden Unterton in der Stimme.

Wir verließen den Familientisch, als Claire rief: »Kein zu dickes Stück, Mom. Er soll doch nicht ersticken.«

»Meine Rede«, rief Marty ihr zu.

Dann fiel mein Blick auf Lizzie und Mike. Mike hatte den Kopf gesenkt, und Lizzie massierte ihm den Nacken. Irgendetwas stimmte da nicht.

Bis ich die paar Schritte zu ihnen hinübergegangen war, stand Bart schon neben Mike. Er nahm seinen Puls. Plötzlich sah ich, dass Mike anfing zu zittern.

Marty, Lizzie, Bart und ich scharten uns um Mike. Die Leute in der Scheune wurden still. Flüstern. Fragen. Die Musik verstummte.

Mikes linker Arm schoss aus Barts Griff hinaus nach oben. Dann wurden seine Beine steif.

»Hilf mir, ihn auf den Boden zu legen«, sagte Bart zu Marty.

Das taten sie, und ich schob ihm einen Packen zerknüllte Servietten unter den Kopf. Dann wurden Mikes Beine etwas höher gelagert. Die große Scheune war jetzt fast vollkommen still.

»Okay, Kumpel. Es wird alles gut«, sagte Bart. Es war das erste Mal, dass ich ihn am Krankenbett erlebte, und das fand ich ziemlich beeindruckend. »Bleib wach. Bleib hier bei mir. So ist es prima, Mike. Das machst du gut. Halt dich an mir fest.«

Mikes Augen verdrehten sich nach oben und wieder zurück. Die Lider klappten zu. Sein rechtes Bein schoss wie ein defekter automatischer Hebel auf und ab.

Dann kam Mike zur Ruhe, und das war noch erschreckender.

»Lasst ihn einfach ein paar Minuten hier liegen«, sagte Bart. »Es geht ihm gut. Der Sturm ist vorbei.«

Lizzie rieb sanft Mikes Schulter. Tallulah kniete am Kopf ihres Vaters. Dann schlug Mike schließlich die Augen auf, so als hätte er nur inmitten der Hochzeitsgesellschaft geschlafen.

»Was zum Teufel hast du in diesen Champagner reingetan, Gaby?«, sagte er und bemühte sich nach Kräften zu lachen.

Weitere fünf Minuten später hievten Marty und Bart Mike hoch und auf einen Stuhl.

»Wie geht's dir, Big Mike?«, fragte Marty.

»Den Dessertgang schaffe ich«, sagte er.

»Ich glaube, wir sollten dich ins Krankenhaus bringen. Bist du fit genug zu laufen?«, fragte Bart.

»Klar kann ich laufen. Nur nicht schnell tanzen. Ein Walzer ginge wahrscheinlich.«

Marty und Bart halfen Mike auf die Füße. Dann begleiteten sie ihn langsam zum Scheunentor.

»Ich komme mit«, sagte Lizzie.

»Nicht nötig«, sagte Marty.

»Genau, nicht nötig, Liebling«, sagte Mike. »Ich weiß doch, wie sehr du Hochzeitskuchen magst. Iss ein Stück für mich mit.«

Sie setzten ihren Weg zum Tor fort. Als sie dort ankamen, drehte Bart sich zu der Menge um und rief: »Genießt das Fest. Mike geht's bald wieder besser.«

62. Kapitel

Mit einem Mal fühlte ich mich in meinem Hochzeitskleid unwohl. Die Tausende weißer Lichter wirkten übertrieben. Die Band spielte, aber niemand tanzte. Ich saß am Familientisch und hielt Lizzies Hand. Genau wie Tallulah.

»Was denkst du gerade, Lizzie?«, fragte ich sie. »Sprich mit mir.«

»Ich denke, dass es Mike schrecklich peinlich sein wird, dass er so viel Aufruhr verursacht hat«, sagte sie.

»Wenn ich ein Wort der Entschuldigung von dir oder Mike höre, tue ich etwas, was ich nie getan habe, als du noch klein warst.«

»Mich schlagen?«

»Ganz fest«, ergänzte ich. Lizzie lächelte und sagte: »Ich bin gleich wieder da. Bleib bei Tallulah.«

Als Lizzie auf das Scheunentor zuging, fragte mich ein Kellner, ob ich noch Kaffee wolle. »Nur, wenn Sie ihn mit einem kräftigen Schuss versehen«, antwortete ich.

»Ganz wie Sie meinen. Sie sind die Braut.«

Unmittelbar darauf kam Lizzie zurück.

»Onkel Martys Auto ist noch da«, sagte sie. »Ich kann aber niemanden finden.«

»Vielleicht sind sie mit Barts Auto ins Krankenhaus gefahren. So wird's sein.«

Ich trank meinen Kaffee mit Schuss. Er wärmte mich. Mir wurde bewusst, wie froh ich war, dass Marty bei Mike und Bart war. Und dann …

Ein kräftiger Anschlag des Beckens. Ein lauter Trommelwirbel. Ein Trompetenstoß. Dann spielte die Band plötzlich *For He's a Jolly Good Fellow*.

Ich fuhr herum, und zu meinem Erstaunen fiel mein Blick auf Marty, Bart und Mike, die in die Scheune zurückkamen. Alle drei lächelten.

Mit einer kleinen Handbewegung winkte Mike der Menge zu. Lizzie und ich rannten praktisch um die Wette zu ihm.

»Warst du gar nicht im Krankenhaus?«, fragte Lizzie.

»Anscheinend nicht«, sagte Mike, küsste seine Frau und beugte sich leicht vor, um sich von Tallulah, die mit uns gekommen war, umarmen zu lassen.

»Im Krankenhaus hätten sie nichts für ihn tun können, was wir hier nicht auch tun konnten«, sagte Bart.

»Zum Beispiel?«, fragte ich.

»Dafür sorgen, dass er sich entspannt, ein bisschen ausruht und ein schönes, großes Glas Cola trinkt.«

Inzwischen hatten sich ein paar weitere Familienmitglieder um Mike geschart. Er war offensichtlich gerührt davon, wie alle sich um ihn sorgten. Woher ich das wusste? Die Tränen in Mikes Augen waren ein untrügliches Zeichen. Außerdem – im Moment keine Witze.

»Ich wusste, dass du nicht von unseren Hochzeiten wegbleiben konntest«, sagte Seth, während er Mike umarmte. Dann legte Andie die Arme um ihren neuen Schwager, und als ich die Wärme in ihren Augen und die Zärtlichkeit in ihrer Berührung sah, wusste ich, dass sie jetzt offiziell ein Teil der Familie war.

»Tut mir leid, dass ich dir die Schau gestohlen habe, Gaby«, sagte Mike. »Aber – das ist nun mal meine Art.«

Die Band stimmte *The Bride Cuts the Cake* an. Das geplante Ritual hatte ich vollkommen vergessen.

»Ich glaube, wir werden hinten am Kuchenstand erwartet«, sagte Marty zu mir, »leider. Netter Versuch, Mike.«

Mike legte Marty die Hand auf die Schulter. »Danke für alles. Ich weiß nicht, was ich ohne dich und Bart gemacht hätte.«

Marty und ich nahmen uns bei der Hand und gingen in die Mitte der Scheune. Absichtlich schnitt ich ein großes Stück Kuchen ab und schob den silbernen Tortenheber darunter.

»Untersteh dich, Gaby.«

Also schnitt ich ein kleineres Stück ab. Mit einer Hand hielt ich sein Kinn und steckte ihm eine genau richtig bemessene Portion Kuchen in den Mund. Marty erwiderte den Gefallen, und als ich Stacey Lees prächtiges Werk aus Schokoladenkuchen, Creme und Schokoladenganache kostete, applaudierte die Menge. Die Band spielte weiter.

Und ich sah, wie Gus und Tallulah sich zur Seitentür der Scheune hinausstahlen. Das durfte doch wohl nicht wahr sein!

63. Kapitel

Ich hastete zur Seitentür. Diesmal hatte ich das Glück, Sneakers zu tragen. Innerhalb kürzester Zeit war ich am Steg. Helles Mondlicht. Aber keine Spur von Tallulah und Gus.

Als ich schließlich zum Haus zurückkehrte, hörte ich Stimmen. Die Stimmen kamen jedoch nicht von draußen, auch nicht aus dem Wald. Genau genommen schienen sie von drinnen zu kommen. Vielleicht hatte jemand dem Festlärm entrinnen wollen. Vielleicht wollte sich jemand auf einem Sofa ausruhen. Vielleicht waren es aber auch Gus und Tallulah.

Ich betrat die hintere Veranda. Keine Stimmen. Ich wagte mich in die leere Küche vor. Immer noch keine Stimmen. Es wurde immer rätselhafter. In der Diele konnte ich von oben deutlich vernehmbares Flüstern hören. Gus und Tallulah. Verdammt.

Die Stufen waren alt und knarrten. Meine brillante Lösung? Ich nahm immer zwei auf einmal.

Als ich den Treppenabsatz erreichte, hörte ich die Stimmen deutlich: Sie kamen aus dem kleinen Raum neben dem Elternschlafzimmer, dem Raum, den ich als Arbeitszimmer benutzte.

Statt wie eine Irre hineinzustürmen und »Aha!« zu brüllen, schob ich langsam, leise und mit Bedacht die Tür auf. Tallulah und Gus standen an meinem Schreibtisch. Der Drucker auf dem Beistelltisch warf am laufenden Band Blätter aus. Zu meiner Überraschung lag kein Rauch in der Luft, kein süßer Grasgeruch.

Tallulah entdeckte mich zuerst. »Ach du Scheiße!«, rief sie. »Da ist Gaby!«

Gus fuhr herum und stellte sich vor den Drucker, der dabei war, einen kleinen Berg Papier zu produzieren.

»He, solltest du nicht bei deinen Gästen sein?«, fragte er. »Und bei Marty?«

Ich warf ihm einen argwöhnischen Blick zu, überging die Frage und sagte: »Was genau macht ihr beiden hier?«

»Ich wette, du hast gedacht, wir würden uns hier bekiffen«, sagte Gus. »Hab ich recht?«

»Möchtest du denn nicht überrascht werden?«, fragte Tallulah.

»Was immer es ist, ich werde garantiert überrascht sein«, sagte ich, und schließlich gab Gus mir ein Blatt Papier.

»Das wollen wir jedem Gast überreichen, bevor er geht«, sagte Tallulah.

Was sie mir da gegeben hatten, war ein Ausbund von Computerkreativität in Verbindung mit Photoshop. Darauf war ich mit ausgestreckten Armen zu sehen. An einem Arm hielten sich Lizzie, Claire, Seth, Emily, Bart, Mike und Andie fest. Am anderen Marty. Oben auf der Seite stand: NOCH EINER ZUM LIEBEN!

Es war unglaublich – wirklich anrührend (warum sie allerdings ein Foto von mir in einem türkisfarbenen T-Shirt genommen hatten, habe ich nie verstanden).

»Das ist super«, sagte ich. »Aber warum habt ihr damit bis zur letzten Minute gewartet?«

»Hallo? Vielleicht, weil wir nicht wussten, wen wir an deinen linken Arm tun sollten?«, antwortete Tallulah.

»Genau«, sagte Gus und reichte mir zwei weitere Blätter. »Wir mussten ja auf *alles* vorbereitet sein. Womöglich sogar auf Benny von der Tankstelle. Ha ha.«

Auf diesen beiden Blättern war das Bild von mir und den Kindern dasselbe, nur war einmal Tom und das andere Mal Jacob mein Bräutigam.

Marty erschien an der Tür. »Was ist denn hier los?«, fragte er.

»Schau dir dieses wunderbare Foto an«, sagte ich, darauf bedacht, ihm das Blatt zu geben, auf dem er selbst abgebildet war.

»Unglaublich«, sagte er. Dann packte er meine Hand und sagte: »Wir sollten zu unserer Hochzeitsgesellschaft zurück.«

»Danke euch beiden«, sagte ich, während ich Tallulah und Gus umarmte.

An der Tür drehte Marty sich noch einmal um und sagte: »Woher wusstet ihr, dass ich der Bräutigam sein würde?«

Tallulah zuckte die Schultern, aber Gus war wie immer um keine Antwort verlegen.

»Zufallstreffer.«

64. Kapitel

Für Marty und mich und Andie und Seth war es wie keine andere Hochzeit je zuvor. Dennoch endete die Feier genauso wie jede andere. Die Musiker packten die Instrumente in ihre Koffer. Die Leute vom Partyservice sammelten herrenlose Gläser und Servietten ein. Männer in Overalls klappten die Biertische zusammen. Die alte Scheune wurde wieder die alte Scheune. Mit Ausnahme all dieser funkelnden weißen Lichter.

Tom ging früh, aber nicht ohne vorher zu uns zu kommen, Marty wie auch mich abzuklatschen und uns zu gratulieren. »Ich war Zweiter, stimmt's?«, sagte er.

»Punktgleich Zweiter.«

Lizzie und Mike warteten, bis die Menge sich zerstreut hatte, ehe sie zu Marty und mir herüberkamen. Ich war froh, wieder Farbe in Mikes Gesicht zu sehen, und wenn ich auch nicht behaupten konnte, dass sein Schritt federte, schien er doch ganz gut zu Fuß zu sein und sich eindeutig besser zu fühlen. Emily hatte wohl gewusst, dass wir einen Arzt in der Familie brauchten, ihren Bart.

»Danke euch beiden für alles«, sagte Marty.

»Ich habe nicht viel getan«, sagte Mike mit einem Achselzucken. »Eigentlich bin ich nur am Leben geblieben.«

Lizzie gab ihm einen Klaps und sagte: »Wie lange halte ich diesen Galgenhumor noch aus?«

»Noch lange, hoffe ich«, sagte Mike.

»Wir kommen morgen vorbei, um Tallulah abzuholen – später Vormittag«, sagte Mike.

»Sagen wir lieber früher Nachmittag«, entgegnete Marty.

»Oh, ihr verrückten Jungvermählten!«

Seth und Andie standen mit Claire und Jacob zusammen und unterhielten sich. Dann kamen sie alle herüber, um sich zu verabschieden.

»Es war eine *fast* perfekte Hochzeit«, sagte Jacob grinsend. »Du hast knapp danebengetroffen.« Er war einfach witzig. Ich hoffte, zwischen uns würde sich nichts ändern. Eigentlich glaubte ich das nicht. Jacob war schließlich einer, der das große Ganze im Blick hatte.

Am Ende waren außer Marty und mir nur noch Andie und Seth da – die vier Jungvermählten.

Andie nahm meine Hand. »Vielen, vielen, vielen Dank, Gaby. Du bist immer so großzügig.«

Ich lachte. »Was sind schon ein oder zwei Hochzeiten mehr?«

»Ich gehe unsere Rucksäcke holen, und dann machen wir uns auf den Weg nach Boston«, sagte Seth.

»Fahrt doch nicht jetzt noch den ganzen Weg«, sagte Marty. »Bleibt über Nacht hier.«

»Nein«, sagte Andie. »Wir sind so aufgekratzt, dass wir womöglich sowieso nicht schlafen könnten.«

Dann sagte Seth in einem hörbaren Flüstern: »Und außerdem habe ich eine Suite im Copley Plaza reserviert.«

»Hast du nicht«, rief Andie.

»Doch, hab ich.« Eine Pause. Dann sagte Seth: »Ich hab dich lieb, Mom.«

Ich nickte. »Ich hab dich auch lieb. Mein Lieblingssohn.«

Kurz darauf drehten Marty und ich uns um und ließen den Blick durch die Scheune schweifen. Ein Huhn gackerte. Eine Eule landete auf einem Dachsparren. Alles war wie vorher – nur war immer noch Weihnachten, und Marty und ich waren verheiratet.

Er nahm meine Hand. Dann küsste er mich zart auf die Lippen, und küssen konnte er wirklich sagenhaft. Sanft und entschieden und genau richtig. Teil seines Charmes, Teil seiner Anziehungskraft.

»Es ist spät, weißt du«, sagte er.

»Ich weiß.« Dennoch machten wir uns nicht gleich auf den Weg ins Haus. Stattdessen legte ich den Kopf an seine Brust, und Marty fing an, unseren Song zu summen: *The Way You Look Tonight.*

Und wir tanzten im zauberhaften Schein der funkelnden Lichter, und ich hätte nicht glücklicher sein können. Man mag es glauben oder nicht, so etwas passiert manchmal.

Gabys letztes Video

Wie man sieht, sind wir von unserer stürmischen Hochzeitsreise zurück. Ich berichte mit Vergnügen, dass sie perfekt war, einfach perfekt. Ich nehme an, ihr erinnert euch alle an diesen gut aussehenden Mann zu meiner Linken.

Und ja, Paris, Rom, Florenz und Venedig sind immer noch so schön wie damals, als ich sie nach meinem Collegeabschluss bereist habe.

Trotzdem ist es gut, wieder zu Hause zu sein. Das sieht Marty auch so. Morgen gehe ich wieder in die Schule, und ich hoffe, die Vertretungslehrerin hat in den vergangenen zwei Wochen *Moby Dick* durchgenommen. Diesen langatmigen Schinken konnte ich noch nie leiden, obwohl ich ihn beeindruckend finde.

Nun, wie es aussieht, sind ein paar wichtige Dinge passiert, während Marty und ich Europa unsicher gemacht haben. Und alles klingt gut oder ziemlich gut.

Als Erstes und Wichtigstes haben wir da Mike. Er arbeitet vier Tage die Woche in seinem Eisenwarengeschäft. Die Wochenenden nimmt er sich frei, hat er mir erzählt, weil er sich den ganzen Heimwerkern noch nicht gewachsen fühlt, die samstags kommen und ohne Ende Fragen stellen. Außerdem hatte er letzte Woche zwei MRTs, und es sieht vielversprechend aus. Die Ärzte wollen wohl das Wort »Remission« noch nicht in den Mund nehmen, aber sie sagen, sie würden es benutzen, wenn das nächste MRT genauso aussähe. Ich vermute mal, dass die Kerzen, die ich in Notre-Dame angezündet habe, wenigstens ein kleines bisschen geholfen haben.

Unten in New York hat Emily ungefähr eine Stunde Urlaub genommen und dann sofort eine Stelle beim Justizministerium bekommen, wo sie Fälle von Betrug im staatlichen Gesundheitswesen untersucht. Da kann ich nur sagen, hoffentlich ist ihr Mann, der angesehene Neurologe, auf der Hut, wenn er seine eigene Praxis aufmacht. Von Vetternwirtschaft hält Emily nämlich gar nichts.

Neuigkeiten gibt es auch aus Boston, wo die anderen Jungvermählten herumtoben. Jetzt haben sie noch einen weiteren Grund zur Freude. Ich rede nicht lange drum herum: Farrar, Straus and Giroux haben Seths Roman gekauft. Natürlich wollen sie eine Million Veränderungen, und natürlich haben sie noch keinen Erscheinungstermin, und natürlich … Aber wen interessiert das? Sie haben ihn gekauft! So fangen Seth und Andie jetzt mit der Arbeit an ihrem Kinderbuch an … und … Ende gut, alles gut.

Die letzte, aber sicher nicht unwichtigste Nachricht betrifft Claire, Gus, Gabrielle und Toby, die nach Stockbridge umgezogen sind. Das ist wirklich eine gute Neuigkeit. Nächstes Jahr kommt Gus auf die Stockbridge High, da werde ich dann selbst ein Auge auf ihn haben.

Ich denke, das war's erst mal.

Ach ja. Eins noch.

Marty und ich könnten nicht glücklicher sein.

Danke, dass ihr alle Teil dieses Abenteuers wart – wie niemand sonst, vermute ich. Ich weiß nicht, was wir ohne euch getan hätten. Im Ernst, das war's jetzt mal. Ich muss noch die Post durchgehen, dann werden wir ein Gläschen Wein zusammen trinken, dann werde ich schauen, welche Lektion ich morgen unterrichten muss, dann sehe ich nach, ob wir fürs Frühstück morgen genug zu essen haben, dann …

Halt meine Hand, Marty. Halt sie fest. Du bist so ein Schatz.

[Kamera schwenkt auf Marty:] Klar bin ich ein Schatz. Und du bist ein Glückspilz.

Ich hab nicht die geringste Ahnung, warum ich jetzt weinen muss. Vielleicht, weil ich wirklich der größte Glückspilz der Welt bin. Unsere Familie hat ihre Portion Kummer und Misserfolg, Krankheit und Tod gehabt, aber wir haben immer uns.

Jetzt höre ich lieber mal auf zu reden.

Ach, wartet. Ein Letztes wollte ich noch sagen …

Wir sehen uns an Weihnachten, und wir sehen uns in meinen Träumen.

Jippie.

James Patterson, geboren 1949, war Kreativdirektor bei einer amerikanischen Werbeagentur. Schon für seinen Debütroman wurde er mit dem Edgar Allen Poe Award, Amerikas wichtigsten Krimipreis, ausgezeichnet. Inzwischen ist er mit weltweit über 260 Millionen verkaufter Romane einer der erfolgreichsten Bestsellerautoren überhaupt. James Patterson lebt mit seiner Familie in Palm Beach, Florida und Westchester, New York. Mehr zum Autor und seinen Büchern unter www.jamespatterson.com.

<u>Mehr von James Patterson:</u>

Thriller

Honeymoon (auch als E-Book erhältlich) · Im Affekt (auch als E-Book erhältlich) · Sündenpakt (nur als E-Book erhältlich) · Totenmesse (auch als E-Book erhältlich) · Todesahnung (auch als E-Book erhältlich) · Todesbote (auch als E-Book erhältlich) · Höllentrip (auch als E-Book erhältlich) · Blutstrafe (auch als E-Book erhältlich) · Sühnetag (auch als E-Book erhältlich) · Die Palm-Beach-Verschwörung (nur als E-Book erhältlich) · Todesschwur (auch als E-Book erhältlich) · Rachedurst (auch als E-Book erhältlich) · Todesstunde (auch als E-Book erhältlich) · Lügennetz (auch als E-Book erhältlich)

PRIVATE – die neue Erfolgsserie um eine internationale Ermittlungsagentur

Der Countdown des Todes. Private Games
Die Spur der Schuld. Private L.A.
Der Tag der Rache. Private Berlin
Der letzte Verdacht. Private Suspect
(alle auch als E-Book erhältlich)

Romane

Sonntags bei Tiffany
Sams Briefe an Jennifer (auch als E-Book erhältlich)

GOLDMANN
Lesen erleben

„James Patterson ist einer der besten Thrillerautoren der Welt.“

USA Today

448 Seiten
ISBN 978-3-442-47753-1

416 Seiten
ISBN 978-3-442-47787-6

Ein Freund unter Mordverdacht und ein Killer, der es auf Studentinnen abgesehen hat – PRIVATE-Gründer Jack Morgan unter Druck.

Der fulminante Auftakt von PRIVATE – die neue Erfolgsserie um eine internationale Ermittlungsagentur.

www.goldmann verlag.de
www.facebook.com/goldmannverlag

GOLDMANN
Lesen erleben

Um die ganze Welt des
GOLDMANN Verlages
kennenzulernen, besuchen Sie uns doch
im Internet unter:

www.goldmann-verlag.de

Dort können Sie
nach weiteren interessanten Büchern ***stöbern***,
Näheres über unsere ***Autoren*** erfahren,
in ***Leseproben*** blättern, alle ***Termine*** zu Lesungen und
Events finden und den ***Newsletter*** mit interessanten
Neuigkeiten, Gewinnspielen etc. abonnieren.

Ein ***Gesamtverzeichnis*** aller Goldmann Bücher finden
Sie dort ebenfalls.

Sehen Sie sich auch unsere ***Videos*** auf YouTube an und
werden Sie ein ***Facebook***-Fan des Goldmann Verlags!

www.goldmann-verlag.de
www.facebook.com/goldmannverlag

GOLDMANN
Lesen erleben